鈴木志郎康

化石詩人は御免だぜ、でも言葉は。

書肆山田

目次——化石詩人は御免だぜ、でも言葉は。

化石詩人は御免だぜ、でも言葉は。

とっかかりは見つけてみれば夢の残り

とっかかり
とっかかり
とっかかり
詩を書くとっかかりって
それを求めて、
とん、
とん。

とっかかり
みつけましたよ。

夜中にトイレの便器に座って、
この世にひとり、
取り残されたなって、
不図、
思っちまったってこと、
それで、どうしたって
こともない。
とん、
とん。

とっかかり
とっかかり
とっかかりは、
夢の残り、
わたしは若くて放送局員、
畑の中の斜めがかった土の道を、

窮屈なボロタクシーで、
地方の放送局に帰ろうとしている。
タクシーに乗る前に、
ビル裏で、
足を掛けて、
よいっしょって、
登って入ったトイレが、
トラックに積まれたコンテナの改造トイレで、
汚くて、
運転席に女がいて、
おしっこが出なくて困っちゃってた。
とん、
とん。

とっかかり
とっかかり

ああ、
ただ、わけも無く、
泣きたいっちゃあ。
とん、
とん。

とっかかり
とっかかり
春先の日向だなあ。
春先の日向だよ。
とん、
とん。

びっくり仰天、ありがとうっす。

ホイチャッポ、
チャッポリ。
何が、
言葉で、
出てくるかなっす。
チャッポリ。
チャッポリ。

びっくり。
びっくり仰天。

ぜーんぶ真っ白けだあ。
ガラスの嵌った
本箱の扉を開いて、
書棚から
大切に仕舞ってある、
五十三年前の、
たった一冊しかない、
俺の最初の詩集、
『新生都市』を
開いたら、
どのページも、
真っ白け。
すべてのページが
真っ白け。
慌てて、
次に
H氏賞を受賞した

『罐製同棲又は陥穽への逃走』を
開いたら、
これも、
すべてのページが
真っ白け。
どんどん開いて、
二十六冊目の
去年だした
『どんどん詩を書いちゃえで詩を書いた』まで
開いて、
ぜーんぶ、
真っ白け。
チャッポリ、
チャッポリ。

なんだ、

こりゃ。
ホイチャッポ、
チャッポリ。

活字を喰う
虫ですよおおお。
俺んとこの、
大事な書棚に、
発生してしまったんだあああ。
チャッポリ。
チャッポリ。

これこそ、
天啓。
活字喰い虫さん、

ありがとうっす。
また、
どんどん書きゃいいのよ。
チャッポリ。

てなことは、
ないよねえ。
ホイポッチャ、
チャッポリ。

女の土左衛門さんにそこいらの草の花を投げたっす

ヒイ、
ヒイ、
ヒイ、
ピーと鳴らない
口笛吹いて、
土手を歩いていたら、
川面に、
ボロ服着た人が浮かんでいたっす。
女の水死体が浮かんでたっす。

そこいらの草の花を取って、
その上に投げたら、
一つだけ、
当たったたっすね。
ヒイ、
ヒイ。

教室で、
国語の時間に、
土左衛門の
お姉ちゃんはなんで死んじゃったんだろうって、
お母ちゃんに聞いたら、
苦しいことがあったからよって、
言ってましたって、
作文に書いたら、
女先生は俺っちの頭に、

手を置いて、
黙って、
顔を左右に、
動かしたっす。
ヒイ、
ヒーチョト、
ヒイ、
ヒイ。

昔々の、
ピーと鳴らない、
口笛だったんだす。
ピー、
ピー。

ドッドッゾロゾロは嫌だねえ、
饅頭の半分くれた人がいいっす。

ドッ、ドッ、
ドッ、
ドッ、
ドッ。
頬を強張らせて、
手振りを揃えて、
連中は通り過ぎて、
行ったっす。
嫌だねえ。

テレビ、
テレビ、
ウンチャラ。

ゾロペタゾロ、
ゾロゾロペタペタ、
ゾロ。
アイロンかけた
同じ服の女の子たち、
ぺちゃくちゃぺちゃくちゃ、
通り過ぎて、
行ったっす。
気に入らねえ、
嫌だねえ。

俺っち、
言えなくならないうちは、
いいはいいと言い、
嫌だは嫌だと言うっす。
いや、
ウンチャラ、
口に出せないっす。
書けないっす。
でもでも、
ウンチャラ、
ウンチャラ、
しっかりと、
心ん中で、
つぶやいているっす。

チャッチャランチャ、
チャッチャ、
七、八人の、
腕も露わな、
薄着の女たちが、
頭の上に手を合わせて、
踊ってるっす、
見惚れちゃうっす。
嫌だねえ。
おお、嫌だ。

ワスワスワス、
ヒーワスワス、
ワス。
いい歳超えた、
おっさんたち、

専門家づらして、
しゃべること、
しゃべること、
ライトに照らされ、
乗りにのってるっす、
国民の絆なんちゃって、
奴ら。
嫌だねえ。
テレビの中のことっす。

今じゃ、俺っち、
テレビばかり見て生きてるっす。
テレビの外のこっち側じゃ、
俺っちの、
傍に来て、
饅頭の、

半分をくれた人。
いいねえ。

トッ、
トッ、
トッ、
トッと来たっす。

へえ、詩って自己中なのね、バカ詩人さん。

トロリン、
トロリン、
トロリン、
ヘッ。
ある男を、
その連れ合いが、
なじった。

ヘッ。
バカ詩人！

そっちじゃなくてこっちを持ってよ。
こっちのことを考えてね。
詩人でしょう、
あんた、
想像力を働かせなさい。
バカ詩人ね。
男は答えた。
仕方ねえんだ。
書かれた言葉はみんな自己中、
言葉を書く人みんな自己中、
詩人は言葉を追ってみんな自己中心。
自己中から出られない。
自己中だから面白い、
朔太郎なんか超自己中だ。
光太郎も超自己中だ。
えらーい、
有名詩人なんぞは、

みんな超自己中なんだぞ。
書かれた詩はみんな超自己中だ。
超自己中だからみんなが読むんだって。
何言ってるのよ。
それとこれとはちがうわよ。
バカ詩人、
バカ詩人、
バカ詩人。
へえ、
詩って超自己中を目指すのね、
バカ詩人さん。

ワッハッハッ、
ハ、
ハ、
ハ。

その男と、
連れ合いは、
揃って笑った。
トロリン、
ヘッ。

縄文語がいろんな民族語と語り合って日本語が。

ちょ、
ちょ、
ちょ、
ちょっと、
ちょっと、
縄文人が使ってた
縄文語、
それが
原日本語だってさ。
その一音語って、
を緒や矢み箕ゐ井。

二音語
いとひもなはつなあみ。
そして、三音語に加えて、
助辞、助動辞の
三千年、四千年。
その原日本語が
新来の民族の持ち込んだ諸言語と
語り合ったってさ、
そうして、
今の日本語が
出来たんだってさ。
藤井貞和さんが書いてるさあ。
頭の中に青空が、
スーッと広がるっす。
ひい、
ちょっと。

陽射しがめっきり春らしくなってきました。
藤井さん、
しばらくお会いしてないけど、
どういう日々を送っていられるか。
ひい、
ちょっと、
ひい、
ひい。

＊　この詩は藤井貞和さんの『日本文学源流史』からの引用で出来ている。

*

鋭角って言葉から始まって身体を通り越してしまった

鋭角って言えば、
先が鋭い刃物。
で、身体を刺せば、
血が出るね。
そして、出血多量なら死ぬね。
でも、
鋭角が木を削ると、
温かみが生まれる。
曲面が温かみを生むんだね。
曲面を削り出す手を持つ人、
鋭角を持って温かみを生み出す人、

わたしは、
そんな手を持つ人じゃなかったなあ。

ん、でね。
わたしの身体の中に、
鋭角が出来ちゃったんだ。
わたしはね、
二〇一五年の今年になって、
一月の末から二月の末に、
三度、慶應大学付属病院の救急外来に運ばれたんだ。
一度はタクシーで、二度は救急車で、
頭痛と顔の強ばり、烈しい嘔吐の感じ、そして痰が絡んでの呼吸困難。
救急車の中で過呼吸になり手先が痺れ、
「ゆっくり深く呼吸して」って言われた。
救急外来の診察じゃ、
採血して、CT撮って、レントゲン撮って、

別に異常ない、
と薬を吸入して痰を吐いて
家に戻った。
そして、町内の小林医院に行って
吸入の薬を処方して貰って、
家で、まあ、なんとかＦＢに投稿はしたが、
その直後、
玄関の段差で仰向け転倒しちゃった。
麻理ひとりじゃ起きあがらせることができないで、
手足をもがいていたら、
丁度来ていた電気工事の人が起こしてくれて、
ベッドに運んで貰ったってわけ。
麻理いわく。
仰向けなった蝦蟇ガエルみたいだったたってね。
一〇日経っても左の胸を痛めてまだ痛い。

発作っていうのはね、
頭痛と顔の強ばりは朝の六時、
烈しい嘔吐の感じは夜中の三時、
呼吸困難は夜中の二時、
夜中から朝に掛けて、
気持ちが悪くなったり、
息苦しくなったり、
それは三月になった今でも続いている。
近くの小林医院で処方して貰った
吐き気止めの薬と吸入の薬で
何とか時を過ごしている。
昨年の七月から服用している
前立腺癌の新薬のパンフを見たら、
どうも、その副作用じゃないかと、
当てずっぽうに思ってる。
だが、担当医はそんなことはないと言ってる。

ぐだぐだ書いたけど、
書いてもしょうもないことですね。
身体って、
当人だけのものなんだからね。
病気のことを言葉にすると、
「お大事に」
と、言葉が返ってくる。
身体の中に
突き上げてくる鋭角があるって言ったって、
当人じゃないからどうしようもないものね。
でも、そこで、
鋭角が身体の内側を削った果てに、
身体は温かいものになるんですね。
身体が当人だけのものでもなくなってくるんだ。
つまり、その先の身体の消失ってこと。
そこに、

名前と言葉と写真とか、
身体無き存在が残ってくる。
また記憶の中の存在になる。
温かい存在ってこと。

家の中で、
麻理がいると、
麻理の身体が
なんやかんや
動いているのを感じて、
安心しているけど、
彼女が外出してしまって、
いなくなると、
急に、
寂しさが襲ってくるんですね。
身体の存在って、

そういうもんなんですね。
その存在が温かいってことかな。

ねじりとひねりってことで人生をひねるってこともある

四月の曇り空の下に風が吹く。
風は狭いわたしの家の庭にも吹き込み、
咲き始めた山吹の黄色い花を揺らす。

ところで、捩れるってことなんだけど、
二〇一五年三月三十日に、
新しく出来たシャワールームで
わたしゃ、初めて三十四歳の息子の野々歩に、シャワーで身体全体を洗って貰ったのさ。
身障者用の椅子に座って、
頭からつま先まで洗って貰った。
小さくなったペニスもくりくりっと洗ってくれた。
萎んだペニスをくりくりっと、
くりくりっと、
身体が捩れるって感じ。
このペニスから発射された精子が、
麻理の卵子と結ばれて、
生まれた子が、
このペニスを洗ってる。
半回転のねじり、
うふふ、うふふ。

今日は窓辺に置いた鉢植えのハイビスカスが
二つ花を咲かせた。

赤い花、
真っ赤な花だ。
沖縄のねじれが始まってるよ。
辺野古埋め立てを止めさせようとする翁長知事さん。
そうだ、ねじ込め、と思っても見るが、
日本列島のねじれだ。
ひどい捻れだ。
わたしゃ、どうにもならない傍観的態度。
沖縄には何度も行って、
沖縄の人から、
夜中に道を歩いていると、
道端に幽霊がそろそろっと立ってるって
話を聞かされた。
そんなことがあっても、
ここで一つ自分をひねってみるってことができない。

amazonで
「きなこねじり菓子」を買った。
きなことさつまいもでんぷん粉のしんねりした
幅2センチ長さ12センチ厚さ7ミリの生地を
ふたひねりしてあった。
ほんのり甘くて美味しい。
近くのセブンイレブンで麻理が
「ひねり揚チーズ」と
「カリカリトリプルチーズ」っていう
ねじり菓子を買ってきた。
こちらは、
両方とも幅1センチ長さ3ないし4センチ厚さ数ミリの生地を五、六回ねじってあって、
まるでネジの形態だった。
塩辛いので
後を引く旨味だった。

ひねり、
と
ねじり。

二、三回なら単にひねりでいいが、
十回もひねると、
螺旋になって、
ネジになるね。
凸のねじり、
それを
凹のねじりにはめれば、
オスネジとメスネジで、
合わさって、
二つのものを締め付けて留めてしまう。

ところで、
人間の頭を
比喩でひねると、
いい考えが浮かぶが、
実際に両手で押さえてひねると、
殺人になっちゃう。

人生にも、
ひねりってことはあるんだ。
うちの麻理が難病になって、
非常勤講師を辞めて、
家のガレージを改造して、
友人や地域の人たちに来てもらえる
「うえはらんど3丁目15番地」を開いたのも、
彼女の人生をひとひねりしたってことだ。

そう言えば、
わたしなんぞは、
ひねりの人生を送ってきたと言えるね。
いいや、ねじれってことか。
(歳を取ると直ぐに自分の人生を語りたがるんだ。
まあ、いいや、聞いてね。)
戦時中の集団疎開から始まって、
戦災で焼け出されていくつもの小学校を転々。
まさにねじれじゃん。
そして大学浪人、
フランス文学を目指した学生から、
ひねって、
NHKの映画カメラマンに転身、
それから、文筆業に転身、
更に大学教授に転身、
そして定年で年金生活者に転身、

まあ、ひねったりねじったりしたつもり。
この次の、
人生のひねりは
最後のひねりで、
いや、ねじりは、
わたし自身が写真に転身するってことだ。
これだけひねりゃあ、
いや、いや、
これだけねじれれば、
わたしの人生って、
一本のネジですね。
どのメスネジにはめるの。

先日、
平竹君が久しぶりに遊びにきて、
帰り際に、

この次に会うのは、
わたしが写真になってだね。
と言ったら、
ブラックジョークですね、
悪い冗談はやめてください。
と、からだをよじって言って帰って行った。

終生休日のわたしの日常ってそんなとこ、そんなとこ。

うんちゃっちゃあ。
五月六日の今日。
テレビのニュースが連休、連休と流すから、
あたしって、つまり、
連休って言えば、
年中連休なんだって思ってしまった。
学校にも勤めにも行かないってこと。
とすると、
赤ちゃんも年中連休ってことかな。
赤ちゃんもあたしも一人では何処にも行けない。
食べて寝て、

うんこして小便して、
赤ちゃんは泣くけど、あたしは泣かない。
最近は麻理がよく笑うから、
あたしも笑う。
「なんで、そんなことがわからないの、
ほんと、バカ詩人ね、
アハハ、アハハ。」
「アハハ、アハハ、アハハ。」
麻理にバカ詩人ねって言われると、
嬉しくなって、笑っちゃう。
変だね。

うんちゃっちゃあ。
五月十五日の今日。
「うえはらんど」に来た
須永紀子さんと懇談していて、

「もう八十歳だから」
と言ったら、
「若い！」と言われてしまった。
須永さんのお父さんは
九十歳で
丈夫で元気に過ごしているという。
須永さんの励ましに応えて、
せめて、
日本人男女合わせての平均寿命の
八十五歳までは生きたい。

うんちゃっちゃあ。
五月十七日の今日。
野々歩一家が
ケーキを買って来て、
来合わせた麻理の友人たちと、

ハッピーバースデーの歌を歌って、
二日早く誕生日を祝ってくれた。
歌声の中心にパジャマ姿で座っているわたしに
瞬時、
その声が体に沁みてくるのだった。
この日、
麻理が
自分の難病と向き合うために、
自宅のガレージを改造して、
地域の人や友人との交流の場として、
この三月三日にオープンした
「うえはらんど3丁目15番地」
の来訪者は、
この二ヶ月余りで
219名に
達したのだった。

うんちゃっちゃあ。
うんちゃっちゃあ。
とうとう、その日の今日、
わたしの誕生日の
五月十九日になった。
iMac の前に座って、
SNSに投稿する、
「遂に80歳になった。シロウヤスさんご感想は如何ですか。ウーン、相変わらずの終生休日の日常が続くわけだから、めちゃくちゃが許されると勝手に思い、はちゃめちゃな詩を書き続けるってことですかね。」
すると
知り合いの人や、
見知らぬ Web 友だちから
「お誕生日おめでとうございます」が次々に寄せられて、
わたしは、
「ありがとうございます」を返しまくる。

Web上のメッセージの交換、
ここにわたしの八十歳があるってことだね。
そして、
薦田愛さん井上弥那子さん樋口恵美子さん清水千明さんから
花のアレンジメントが贈られて来た。
左手に杖を、右手で手摺に摑まりながら
階段を降りて
大きなダンボール箱の宅急便を受け取った。
嬉しいやら、
面映ゆいやらの
そんなとこ、そんなとこ。

うんちゃっちゃあ。
五月二十日の今日。
朝、朝日新聞を広げると、
一面に

「改憲へ　祖父の背中追う」*という見出し。
そして、安倍晋三首相は何年か前に、
「昔、おじいちゃんが安保闘争のとき、デモ隊にあんなに囲まれたのによくやったよなあ。たぶんいまの支持率だったらゼロ%だろう。やっぱりすごいよな」
と、つぶやいたと印刷されていて、
さらに
「安倍は官房副長官だったとき、かつて岸がいた旧首相官邸の窓から外の景色を眺めながらつぶやいた。秘書官だった井上義行（52）＝現参院議員＝の忘れられない光景だ。
岸の悲願は、憲法改正で『真の独立日本』を完成させること。」云々
と印刷されていた。
これを読んで、
そうかあ、
わたしの八十歳台は、
日本が生まれ変わる時代になるのか、
と思った。

ページを返すと、
「『満州国』岸元首相の原点
――産業開発進め　国家統制を主導*」
とあり、
「国務院が完成したのは1936年。同じ年、やり手の商工官僚だった39歳の岸は、関東軍の熱烈な要請を受けて満州に赴任した。岸の持論である『国家が産業を管理する』という国家統制論に、関東軍は新国家建設を託したのだ。岸は産業部次長と総務庁次長を兼務し、総務長官に次ぐ、満州国政府の事実上のナンバー2となった*」
と印刷されていた。
一九三六年と言えば
わたしが生まれた翌年だ。
それから戦中戦後を経た二十一年後、
一九五七年に
岸信介は日本の首相に就任したのだ。
わああ、あわわ、
安倍晋三首相のおじいちゃんって、

そんなすげー人で、
「岸の悲願は、憲法改正で『真の独立日本』を完成させること。」
なんだよな。
あわわ。
安倍晋三首相は
そのおじいちゃんの
憲法改正の悲願の達成に邁進してるってわけだ。
あわわ、あわわ、うんぐっく、
それで日本は軍隊を持つ国家に変わっちまう。
日本の歴史が変わって行くのかいな。
安倍晋三首相のおおおじちゃんの
佐藤栄作元首相はノーベル平和賞を受賞してるのになあ。
あわわ、あわわ、あわわ、
あわわ、あわわ、
明治の初めには江戸郊外の亀戸村で
農民だった
わたしの

お祖父ちゃんって、
段取り、段取りってのが
口癖で、
皆んなに
段取り爺さんって
言われてたけど、
どんな悲願を持っていたのやら。

うんちゃっちゃあ。
わたしの誕生日から二日後の
五月二十一日の今日。
明け方、
目が覚めたら、
稲妻が光って、
雷鳴が轟いた。
雷様は久し振りだった。

早起きして、
花を贈ってくれた人に、
お礼のハガキを書いて、
終生休日の
一日が始まった。
そうしていると、
「蚊取り線香を穴に入れようかしら、
どうお」
と麻理。
「ええっ、どこの穴」
「決まってるじゃないの、
入り口の穴よ。うえはらんどの。」
「ああ、溝のことだろ」
「そうよ、決まってるじゃないの。
アハハ、アハハ」
想像力がないバカ詩人ね。
「アハハ、アハハ、アハハ」

わたしたち夫婦は
そんなとこ、そんなとこ。
歴史は変わるが、
わたしの日常は
そんなとこ、そんなとこ。

＊「朝日新聞」二〇一五年五月二〇日朝刊

生身の詩人のわたしは
びしょ濡れになり勝ちの生身をいつも乾かしたい気分

わたしは詩人だ。
ほら、今、この詩を書いているでしょう。
仕事場で iMac に向かって、
キーボードを指先で
突っついて、
詩を書いている、
このおれは詩人だ。
現に、詩を書いている。
僕は詩人ですよ。
今まさに詩を書いています。

わしゃあ、詩人じゃ。
文字を原稿用紙に書かなくなったんじゃが、
詩を書いておるぞ、
わしじゃって、いくらか認知症がかっているけど、
まだまだ、パソコンは使えるって。

詩を書けば詩人かよ。
ってやんでい。
広辞苑には
「①詩を作る人。詩に巧みな人。詩客。『吟遊詩人』②詩を解する人。」
と出ているぞ、
ほらみろ、詩を作れば誰でも詩人になれるってことじゃんか。
いや、いや、
ところがだね、
新明解国語辞典には、だね、
「作詩の上で余人には見られぬ勝れた感覚と才能を持っている人。」だ、

とあるぜ。

そしておまけに括弧付きで、

《広義では、既成のものの見方にとらわれずに直截的に、また鋭角的に物事を把握出来る魂の持主をも指す。例、「この小説の作者は本質的に詩人であった」》

だってさ、魂だよ、魂。

危ない、
やんなっちゃうね。

「余人には見られぬ勝れた感覚と才能」

なんて、おれ、自信ないよ。

でも、
詩は誰でも書けるのさ。

子供だって詩を書けば詩人。

おばあちゃんだって詩を書けば詩人。

サラリーマン詩人。

先生詩人。

教授詩人。

主婦詩人。
至るところに詩人はいる。
定年退職して、
毎日、詩のことばかり考えてる
俺は、
正に詩人なんだ。
「余人には見られぬ優れた感覚と才能」なんてことは
どうでもいいのさ、
詩を書いて生きてる、
生身の詩人なんだ。
生身の詩人を知らない奴が、
詩人は書物の中にしかいないと信じてる奴が、
新明解国語辞典の項目を書いたんだろうぜ。

ほら、今朝、
不器用なあなたが全部濡らして拭いたら、

びしょびしょになっちゃうでしょ。
って麻理に言われちまった。
びしょびしょ、びしょびしょ、
さらに、びしょびしょ
言われた通りに、
全部は濡らさなかったから、
まあ、びしょびしょにならないで済んだんだけど。
なるほどねえ、
麻理はよく見てるね。
わたしゃ、
不器用なバカ詩人ね。
麻理の言うことを取り違えて、
ホント不器用なバカ詩人なのさ。
不器用なバカ詩人、
そう言って、
麻理と二人して、
アハハ、アハハ、アハハ。

アハハ、アハハ、アハハ。

詩人は生身で生きているんだ。
だから、この世の生身の拠り所がほしくなるんだ。
一人で詩を書いていると寂しすぎるし、
心細くなってくるんですよね。
この現実じゃ
詩では稼げないでしょう。
作った詩を職人さんのように売れるってことがない。
他人さまと、つまり、世間と繋がれない。
ってことで、
生身の詩人は生身の詩人たちで寄り集まるってことになるんですね。
お互いの詩を読んで、質問したり、
がやがやと世間話をする。
批評なんかしない、感想はいいけど、
批評しちゃだめよ。

いいなあ、と言っても、
ダメだよ、は言わない。
詩を書いてる気持ちを支え合う。
そこで、互いの友愛が生まれる。
詩を書いて友愛に生きる、
素晴らしいじゃない。

ところがだね。
詩はやっぱり作られたものだから、
その出来栄えというか、
それ自体の世間的な価値なんてことが、
気になるんですね。
詩を書いたからには、
読んでもらいたい。
褒められたいんですよ。
または、他人の詩を貶して、

自分を持ち上げたいってのが人情なんですね。
いやいや、
日本の国の、
とか、世界の
とか言いだすと、
詩には歴史があるってことにもなってですね。
その詩史の何処に自分の詩は位置付けられるかなんてこともですね。
考えたりしちゃうんですね。
そこで、ようやく、
競う心と詩作とが結びついて、
その優劣が語られる場で、
その場に入れるかどうかってことで、
その場となるメディアが必要とされて、
詩は売り買いされたりするんですね。
そのメディアがそれなりに商売になるというわけですね。
そうすると、
詩の価値を決める権威が生まれる。

過去の詩人の名を冠にした賞が、
あちこちに作られて、
選ばれた詩集に与えられるってことになってるんですねえ。
寂しい生身の詩人に希望の光が射してくるってわけ。
評論家おじさんや
評論家おばさんに
認めてもらいたい。
褒めてもらいたい。
なんとかして賞をもらいたい。
わたしは今までに四つも賞を頂戴してるけど、
まだまだ欲しい。
と言っても、
わたしゃ政府の賞は御免だぜ。
まあ、とにかく、日本中いろんな賞はあるから、
秋になるとこぞって詩集を出して、
底に、いや違った、そこで取り上げてもらって、
その光栄な場に登場したいって気持ちで、

自分の詩人としての名前がもっと知られたいよおって、
生身は露と消えても、
名前はさざれ石の巌となるまで残したいよおって、
わたしらなんか直ぐにびしょびしょになっちゃうんです。
わたしら生身の詩人は、
苔が生えるまで、もう、
びしょびしょですよ。
びしょびしょ、びしょびしょ、
ずぶ濡れ、
生身は寂しいですから、
しょーがないっす。
ずぶ濡れ、
しょーがないっす。

しょーがないっすじゃないですよ。
そんなことに拘って、

ずぶ濡れのままでいたら、
詩を書く楽しみ、
詩が書けた喜び、
ってことが無くなっちゃうよ。
生身の詩人であるわたしは、
詩を書く楽しみ、
詩が出来たあっていう喜びを、
ただ、それだけのことを、
同じ生身の詩人たちと共にしたいですね。
喜びのシェア、
シェア、シェア。

ところで、
詩人は、
国家権力とどう関係してくるのかね。
いやあぁ、脅かさないでよ。

今こそ、それが問われているんじゃないの。
そうねえ、
一個の生身じゃ立ち向かえねえけど、
権力の筋には乗りたくはないね。
そこで生身を乾かしたくはないね。
びしょ濡れ同志の確認ってところかな。

最近じゃ、
六月十四日の午後、
わたしの家のもともとのガレージに、
木の床を張って改造して、
みんなが集まって語れる、
麻理が運営する地域の人たちが交流する場にした
「うえはらんど3丁目15番地」に、
さとう三千魚さんの
Web詩誌「浜風文庫」の二周年と

わたしの詩集
『どんどん詩を書いちゃえで詩を書いた』
の出版を祝って、
「浜風文庫」の投稿者さんたち九名と
詩集の版元の書肆山田の鈴木一民さんが集まってくれてですね。
生身の詩人が九名ですよ。
駿河さん　萩原さん　長尾さん　さとうさん　今井さん　長田さん　薦田さん　辻さん、
それにわたし。
わいわいがやがやと三時間も、
楽しい時間を過ごしたんですね。
会話が進んで、
秋田の西馬音内出身のさとう三千魚さんが、何だったか忘れちゃったけど、
「わたしのような田舎者に取って東京は……」
と言った瞬間、
秋田県の隣りの山形県出身の、
一民さんが、
「田舎者って、そんな卑下する必要はないよ。

土方巽のように田舎者は世界に通用する可能性があるんだ。
東京モンって言ったって多くは田舎から出てきた連中なのさ。」
と、
さとうさんの田舎者発言に反発したんですね。
東京に出てきて詩を書くってことと、
郷里の家族の存在ってことの、
絡みがね、
ぽっこりと、
わいわいがやがやの中に出てきたんだ。
いいねえ。
それから、
一民さんは、
Web 詩誌の横書きと詩集の縦書きを、
詩人諸君はどう考えるかって言うんですよね。
縦書きと横書きの書記の問題だあ。
いやいや、詩の風貌ってことですよ。
まあ、わたしは、

Web 詩誌は紙媒体と違って無限に長い詩が書けていいよなあ、
そこに詩人の生身が出てくるって気がする、
と言って、続けて、
詩人ファンの「現代詩ガール」が生まれるかもね、
なんて言っちゃったんですよね。
バカみたい、いやバカですよ。
わいわいがやがやですね。
生身が生の言葉で話し言い合うって、
気分が盛り上がりましたね。
これですよ。
生の言葉で盛り上がって、
熱が入って、
びしょ濡れの生身を乾かすってことですね。

皆さんが、
外出できないわたしとさよならして、

新宿辺りの二次会に行ってしまうと、
残されたわたしは、
どっと寂しさに襲われたんですね。
居間に戻って、
庭を眺める。
山吹の小さな葉が風に揺れているのに、
咲き続けているアジサイの花は動かない。
ふと、
息子たちの名前は、
彼らが老人になった時の
印象はどうだろうと思った。
草多（86）
野々歩（80）
と書いてみて、
白髪の二人の姿を思い浮かべる。
可笑しくなって、
うふふ。

その時、
今から
四十五年後の
二〇六〇年には、
生身の
わたしも
麻理も
もうこの世には、
いないよ。
まあ、その時まで
わしが生きてたら、
百二十五歳じゃよ。
迷惑な話じゃって。

ママニが病気になってあたふたと振り回される

ママニ
ママニは猫の名前、
わたしの家の飼い猫。

ママニの
右の頬が腫れてるよ、
と麻理が気がついて、
電話で呼ばれた息子の野々歩が

ママニを籠に入れて、
自転車で、
近所の猫のお医者さんに連れていったら、
歯茎が膿んでるって、
治療して帰って来たその翌朝、
ドバッと血を吐いた。

猫のお医者さんの紹介で、
野々歩がママニの籠を抱えて、
麻理と一緒に
タクシーに乗って、
ちょっと遠いが、
設備の整った
太子堂のアマノ動物病院に入院となった。
点滴と輸血でどうにか元気になって、
戻って来た、

その翌日、
野々歩が餌をやろうとしたら、
またまた
ドバッと血を吐いた。

そしてまた
アマノ動物病院に
再入院。
どこが悪いのか。
吐血で体力を無くした
十六歳の老齢のママニには、
麻酔をかけられないので、
内視鏡で胃の中を見ることができない。
うーむ、どうなっちゃうの。

それでも、
輸血と点滴で、
なんとか
持ち直して、
ワンワン、ウーウーと
周りがうるさい病室より
家の方が落ち着くだろうと、
退院した。
だが、
水の器の前では
考え込んでいて飲まない。
餌の器には見向きもしない。
飲まず食わずじゃ、
死んじゃうんじゃないか。

ママニ、

十六歳といえば、
人間の年齢との変換式
24＋（猫の年齢－2）×4＝人の年齢
によれば、
八十歳だ。
ママニは老齢だ。
老齢で、
血を吐いて
飲まず食わずじゃ
死んじゃうんじゃないか。

麻理が、
ママニが入った籠を抱えて、
通院する。
朝、麻理が連れて行って、
夕方、野々歩が連れて帰る。

昼間、家の中には、
ママニがいない。
そうすると、
寂しいんですね。
小ちゃな生き物だけど、
けっこう、大きい存在。
いやあ、死なれちゃ、
叶わない。

ママニは
もともと野良猫の子。
野良猫の母子の
母親似だったので
ママ似、
ママニと名付けたのが
一九九九年の秋、

十六年前のことだった。
今では二人の娘の父親になってる息子の
野々歩がまだ大学一年生だった。
狭い庭に餌を求めてやってくる子連れの母猫、
その子猫たち、
餌をやって、
慣れて、
庭に置いた箱で寝るようになって、
もっと慣れて、
子猫たちは家の中に入ってくるようになった。
秋の、
長くなった陽が射す、
日当たりの良い柱の所の座布団の上で
昼寝する子猫たち。

実は、その前に、

その年の、
春の夜のこと、
この子猫たちの
姉妹の猫が、
生まれたばかりで、
野々歩の部屋の窓の下に落ちていて、
ミュウミュウ
と鳴いていた。
母猫が咥えて移動するときに落としたのだ。
野々歩が拾って、
母親の麻理が掌の上でスポイトを使って、
かわいい、かわいい、かわいいねえと、
牛乳を飲ませて育てた。
成長して、
ノンノと名付けて、
野々歩の高校の先生に引き取ってもらった。
ママニはその姉妹なのだ。

慣れて家の中まで入ってくる野良の
メス猫のママニを捕まえて、
その年の十二月に
猫のお医者さんで
避妊手術を受けさせて、
そのまま、
家で飼うことにしたのだった。
あれから、もう十六年が過ぎ去った。

魚を焼いていると、
嗅ぎつけて
素早く寄って来て、
ニャーニャー、
欲しいよおと訴える
ママニ。
帰宅してドアを開けると、

ドアの向こうに座って待っていた
ママニ。
一日一回は庭に出る戸口に来て、
外に出たがる
ママニ。

もともと野良だったからなあ、
と戸を開ければ、
さっと外に出る。
しばらくすると
戸口に戻ってくるが、
なかなか家に入らない
ママニ。
もともと野良だったからなあ、
家猫になって
十六年。

でも野良の記憶は消えないのか。

ママニも
わたしも
今年で、
八十歳だ。
同じく病気の身の上だけど、
病気のママニよりは
わたしの方がまだちょっと元気だ。

水の器の前に来て、
考え込んでいて飲まない。
餌の器には見向きもしない。
飲まず食わずじゃ、
死んでしまう。

病院で教えてもらった
強制給餌だ。
麻理がママニを太股の上に抱いて、
わたしが前足と後ろ足を両手で抑えて、
麻理が注射器で、
こじ開けた口の中に
ペースト状の餌を注入する
ママニは
暴れて、
口を
ガクガクさせて、
餌を飲み込む。
これを繰り返して
10ccを
食べさせるのがやっと。
やっと、やっと、やっと。
死なせたくないけど、

強制給餌は
辛い。

夜中、
トイレに行く時、
ママニはどうしているかと
覗くと、
水の入った器を抱えて
ぐったりとしている。
死んじゃうんじゃないか。
お別れが近いのか。
まだまだ生きていてくれ。
翌朝、
麻理がタクシーで病院に
連れて行って
点滴だ。

そして先生の手慣れた強制給餌。
夕方戻ってくると、
いくらか元気になってる。
よかったなあ、
ママニ、
足を舐めて、
顔を拭って
グルーミングしてる
ママニ。
まだまだ、
大丈夫だ。

それから
点滴と強制給餌のために、
予約したタクシーで、
連日、

アマノ動物病院に
通院する。
膵炎ではないか、
とお医者さん。
消化液が分泌されないから、
食欲が起きない。
なるべく、
好きなものなら何でも
食べさせてください。
と言われて、
麻理は、
ママニが病気になる前なら、
ミャオミャオ
と喜んで食べた、
おかか、
そのおかか入りのペースト状の餌を、
手のひらにのせて、

口元に近づけたら、
食べたんですよ。
そう、食べた。
カニカマボコも、
麻理が噛んで、
手のひらにのせると
どんどん食べる。
子持ちししゃもも、
少し食べた。
水も
麻理の手のひらからなら
ちょっと舐める。
牛乳も
手のひらから
30ccも
飲んだ。
おしっこもした。

そして、遂に、
十五日振り、
いや、十六日振りで、
ウンコをしたんだ。
これでなんとか、
ママニは
元気になれるか。

猫のお医者さんに通って、
五日目から、
急に良くなって、
よく食べて、
ようやく、元気になってきた。
麻理の記録によれば、
家で、
一日に、

おかか5g
しらす10g
カニカマボコ32g
子持ちししゃも1匹
ビーフペースト20gを
食べて、
そして
71ccのミルクを
飲んだ。
食べた後、
飲んだ後、
首をしっかりと立てて、
グルーミングしてる。

ママニは
わたしたちの家の飼い猫。

十六歳の老齢。
元気になってきた。
麻理は六十五歳で難病患者だが、
元気。
わたしも八十歳で前立腺癌の患者だが、
まあまあ、元気。
互いに、
まだまだ、まだまだ。

ちゃったちゃったちゃったで
八月十五日に詩を書いちゃった

日本語で
詩を
書いちゃった。
ちゃった　ちゃった　ちゃった。

日本語っていうことを
自覚しなかったなあ、
ずっと　ずっと
詩を書けば、

母語の
日本語ってことで
自覚してこなかったんですね。

この二週間
麻理は
スイカが大好きって、
セブンイレブンで
丸ごと一個
ごろごろ買ってきちゃってね。
毎日、スイカを
食べちゃやった。
ちゃった　ちゃった　ちゃった。

ここんところ

朝日新聞じゃ、
連日の戦後70年の
特集記事を
読んじゃった。
じゃった　じゃった　じゃった。

現代詩手帖も、
八月号は
特集「戦後70年、痛みのアーカイヴ　いまを生きるために」
と来ましたね。
詩もエッセイも
全部読みましたよ。
その中の「一九四五年詩集」の、
高村光太郎の詩の
「一億の號泣」は
強烈だったですね。

「綸言一たび出でて一億號泣す
昭和二十年八月十五日正午」で始まって、
「玉音の低きとどろきに五體うたる
五體わななきとどめあへず」と受け止めてちゃってる。
すごい。
「五體わななき」ですよ。
そして
「鋼鐵の武器を失へる時
精神の武器おのづから强からんとす
真と美の至らざるなき我等が未来の文化こそ
必ずこの號泣を母胎として其の形相を孕まん」で終わっちゃってる。
ちゃってるね。
二日後の一九四五年八月十七日の朝日新聞に掲載されたんですね。
鋼鉄の武器から
精神の武器への
素早い転換には、
びっくりです。

びっくり　くり　くり。

「綸言一たび出でて一億號泣す
昭和二十年八月十五日正午」
それから一年後に
「日本国憲法が誕生し、
大元帥だった昭和天皇は
軍服から一転、
背広姿の
象徴天皇に変わった」*
天皇は神様じゃなくなっちゃった。
ちゃった　ちゃった。
国民の象徴になっちゃって、
国民は神国日本の臣民じゃなくなっちゃった。
ちゃった　ちゃった。
その天皇の言葉に、

「五體わななきとどめあへず」
なんてことはわたしにはないっすね。
いやいや、あなたの、
そばに来られて話しかけられたら、
どうしますか。
わかんないっすよ。
勲章をくれるって言ったらどうしますか。
わたしゃ
断るね。
やっぱり、
そういう国家的序列っていうのが、
嫌なんですね。
嫌なんですね。

だって、
日本国憲法じゃ、

すべて国民は、個人として尊重され、
「生命、自由及び幸福追求に対する国民の権利については、
公共の福祉に反しない限り、
立法その他の国政の上で、最大の尊重」されるってことで、
自由と平等が保証されてんですよ。
俺って、
戦後育ち、
子どもの時から、
自由、自由って、
親にも、先生にも
反抗して、
民主主義が実現された世の中で、
八十歳になっちゃったわたしゃ、
八十年も生きてきちゃったんですね。
なんとかお金を稼いで、
詩を書いて、
映画を作って、

生きてきちゃったんですよ。
ちゃったんですよ。
ちゃったんですよ。
ちゃった　ちゃった　ちゃった。

昨日も、
麻理と
スイカを
食べちゃった。
ちゃった。
種が多かったけど、
甘かったね。
そしたら麻理は
近くの
セブンイレブンに、
電池を買いに行ったついでに、

スイカを丸ごと
また買ってきちゃった。
また買ってきちゃった。
一個八八〇円は安いからって、
また一個買ってきちゃった。
もう、八個目ですよ。

そんな夏の日に、
ちゃったちゃったで、
わたしは
日本語で、
詩を
書いちゃった。
書いちゃった。

自覚しないで
日本語で
詩を書いちゃった。
ヤバいっすよ。

七十年経った今年、
二〇一五年の
八月十五日の
一日前に、
内閣総理大臣安倍晋三が、
「戦後70年首相談話」ってのを
発表しちゃった。
ちゃった　ちゃった。
テレビの前で、
スイカを食べながら
聞いてたんだけど、

先ずは、
中学生向け歴史教科書みたいだなあ、
と思っていたら、
出てきましたよ。
積極的平和主義とかなんとか、
旗を高く掲げようって、
積極的ってなんじゃい。
じゃい　じゃい。
よその国に
自衛隊を送り込もうってことか。
武器を持った人間を
送り込むのはやめてくれ。
そのよその国に
七十年以前には、
日本人は武器を持って入って行って、
そのよその国の、
朝鮮半島の

人々の母語を奪った日本語だったんですね。
女の人たちを凌辱したって言われてる、
中国大陸の
人々を苦しめた日本語だったんですね。
東南アジアの国々にも、
ずかずかと入っていった。
日本人は、
と言ってもお父さんやお兄ちゃんなんだけども、
日本語の至上の命令に、
自分を押し殺して、
もう、訳が分からなくなっちゃったんでしょうね。
日本語はおそろしいものになっちゃってた。
なっちゃってた。
今では、
その日本語を、
よその国の若い人たちが
学んでいるっていう。

日本語は学ぶのが難しいっていう。
麻理は病気になる前には、
そのよその国の若い人たちに、
日本語を教えていたんですよ。
わたしが詩を書いている日本語を、
麻理は教えていたんですね。
それなのに、
わたしゃ
自分の書く詩と、
そのよその国の若者たちが
重ならなかったんですね。
彼らが
わたしの詩を
読むかもしれない。
そう思うと、

わっー、
なんか、かあーっと、
来ちゃうね。
想像力がない
バカ詩人って、
麻理によく言われるけど、
あはは、
ほんと、
バカ詩人だったですね。
バカ詩人
バカ詩人
日本語は難しい、
現代詩は難しい。

八月十五日を過ぎて、
もう十日経って、

五體不調ですが、
あんまり力を入れないで、
優しい気持ちで
わたしなりに
力を込めて、
日本語で
詩を書いちゃった。
ちゃった　ちゃった　ちゃった。

この夏、
丸ごと
八個目の
スイカ。
台所で、
包丁の刃を入れると、
パリッと二つに割れた。

半分をラップして
冷蔵庫に入れる。
残りの半分を
二つに切って、
その四分の一をラップして
冷蔵庫に入れる。
その残りの四分の一を
また二つに切って、
その八分の一をラップして
冷蔵庫に入れる。
そして残った、
丸ごとの
八分の一を四つに切って、
麻理と
食べちゃった、
食べちゃった。
ちゃった　ちゃった　ちゃった。

＊「朝日新聞」二〇一五年八月二一日夕刊。「この人をたどって　戦後70年　10」

この秋の訪れは独眼流のウインク生活となっちゃった。

秋の訪れだ。
九月になって、
曇って、
雨が降ったり止んだりが続いていたが、
午後のひととき、
さっと晴れて、
日差しが戻ってきた。
秋の陽だ。
秋の陽だ。

懐かしいなあ。
記憶にぐいぐいと引き込まれていく。
勝手口から差し込む強い日差し、
六年前に、
そこにわたしがいて、
そして入院したんだった。
背中を切られた。
腰部脊柱管狭窄症の椎弓切除。
そして更に翌年の秋には、
右の人工股関節置換の手術。
その前の冬には
左の人工股関節置換の手術。
そして更に又もや
それは夏だったけど、
腰部脊柱管狭窄症の再手術、
張り付いた神経をはがすのが、
大変だったと、

医師が言った。
強い秋の日差し、
入院の時の日差しが
頭にこびりついている。
秋の日から始まって、
その後、
手術が繰り返されちゃったんですね。
今や外に行くには電動車椅子、
家の中では二本の杖。

それからの
毎日は、
パジャマ姿で
午後はベッド生活
テレビで刑事ドラマ、
訳ありで解決する

平穏なテレビ画面。
そこに、
突然、濁流が流れちゃったんですよ。
濁流が家々を押し流して行くんですね。
すごい、すごいね。
ベッドで、
ぐいぐいと引き込まれ、
でも、
わたしはのうのうと、
ヘリコプターの中継を見ていて
いいんだろうか。
高みの見物になっちゃう。
鬼怒川の堤防の決壊。
二〇一五年九月十日の午後ですよ。
押し流されて行く寸前の家から、
人が自衛隊のヘリに吊り上げられちゃってる。
あっ、濁流の中に立つ電柱に摑まってる人がいる。

二時間、どうなっちゃうのって目が離せない。
ようやく吊り上げられましたよ。
ほっとしたよね。
翌日の朝日新聞を見ると、
「増水一気　つかんだ電柱」
の記事で、
彼は六十四歳のタクシー運転手の坂井正雄さん
という人だったんだ。
息子さんも
奥さんも無事で、
よかったっすね。

ところで、
わたしは、
その翌日、
ベッドから起きたら、

立てかけてある大きな一枚の写真が
ずれて二枚重ねになってるじゃん。
うそっ、
一枚が二枚に見えてる。
物が二つに見えるんですね。
テレビの二つの同じ画面が交錯しているじゃん。
メガネがおかしくなったかって、
動かしても重ならない。
こりゃ、目が変になったと、
その翌日、
麻理と、
代々木上原駅近くの
代々木上原眼科に電動車椅子で行って、
いろいろと検査して、
診てもらったら、
眼球には異常はないとのこと。
複視は、

神経の問題だってこと、
総合病院の神経内科に行くように勧められた。
それから、
家に帰って、
物を取るときは
片目をつぶって
ウインク生活。
活字を読むときは
別のメガネの片方のレンズに紙を貼っての
独眼流、
独眼流でウインク生活、
ウインク生活の独眼流。
麻理が
眼帯を作ってくれて、
独眼流で、
パソコンに向かって、
詩を書いてる。

一週間後、
二〇一五年九月十八日、
東邦大学医療センター大橋病院の
神経内科の
麻理の難病を見極めてくれた
中空医師を頼って、
診てもらいに行った。
中空医師は
若くて飾らない人だった。
わたしの話を聞いて、
採血と
脳のＣＴの検査をして、
脳梗塞の疑いで、
更に詳しい検査をするために、
即入院となって、

車椅子のまま
病室に運ばれた。

入院とは思ってもみなかったから、
何の準備もしてないので、
一時的退院の許可を貰って、
家に取って返して、
麻理と手早く、
ボストンバッグに、
洗面道具やら
下着やら
何やら
いろいろ詰めて
タクシーで再入院となったんですね。

ベッドに横になると、
血液をサラサラにするための
点滴が始まり、
夕食になった。
いやー、
その夕食が、
「擬製豆腐の煮付け
春雨の中華和えに
海苔の佃煮」って献立で、
美味しかったね。
カードを差し込んで、
有料テレビを見ていると、
九時には消灯、
病室の
カーテンで囲まれたベッドは
真っ暗、
うとうとっと、

ひと眠りしたかと思ったら、

奴らが跳び出て来て、
パジャマダンス、
ウッソ！
奴らが跳び出て来て、
パジャマダンス、
ウッソ！

てなことで闇の中で、
言葉を追っかけてったわけ。
そんな日が続いてると、
旧友で親友の戸田桂太が
思いがけず見舞いに来て、
何か欲しいものがないか、

と言うので、
懐中電灯が欲しいと言ったら、
病院の外まで行って探して
買って来てくれた。
嬉しかったね。
それで、
真っ暗夜中、
枕元の小さな目覚まし時計の
針を見られるようになったんだ。
病室の夜中の時間、
時計の針が生きてくる。

入院は五連休を挾んで、
九日間。
連日の十二時間の点滴と、
血液をサラサラにする薬と

日替りメニューの美味しい食事。
何と、
二キロも痩せたぜ。
女の子にはダイエット入院がお勧め！
夜中、何度も車椅子で
トイレに運んでくれた
看護師さんたち、ありがとう。
その間に、
ＭＲＩなど詳しい検査で、
脳梗塞の疑いは晴れたが、
複視は治らなかったんだけど、
複視の原因は不明で、
更に通院で、
詳しくＭＲＩを撮って、
原因追求を続けるって、
美人の担当医師の佐々木先生のお言葉。
連日の朝方、

四時頃に目が覚めて
六時点灯までの、
白けて行く窓ガラスを眺めて、
ごちゃごちゃの物思いっちゃっ。

病室ぞ
秋の明け方
詩を思う
わたしゃ、八十
複視になっちゃって

はは、短歌になってるじゃん。
朝日歌壇に投稿してみっか。
ワクワクするね。
九日間の入院生活を終えて、

九月二十六日に退院となりました。
家に戻って、
またまた、続く
独眼流ウインク生活。

「新しい詩のスタイル」って褒められて
どんどん書いちゃった。

水道の水が
冷たく
感じられるようになったっちゃっ。
はい。
毎朝、四時起きして、
詩を書いてるっちゃ。
はい、詩も読んでるっちゃ、
はい。
それから、朝食の支度してるっちゃ。
はい。

先ず、前の晩から水に漬けてた大豆と一緒に、
キャベツに人参、玉ねぎ、セロリ、かぶなんか、
水道の水で洗って、
蒸して、
温野菜にしてるっちゃ。
はい。
紅茶沸かして、
食パン一枚焼いて、
バターを塗った上に
ハムを乗せて、
洋からしを
少おおし塗って、
それで、
毎朝の食事っちゃ。
はい。
蒸した大豆は
滋賀の大鶴大豆、

美味しいっちゃっ。
はい、
はい。
ちゃっ、ちゃっ、ちゃっ。

詩人の
須永紀子さんからメールが来たっちゃ。
2015/10/07 17:02　………のメッセージ：
鈴木志郎康さま
風が冷たくなってきました。
浜風文庫の
「この秋の訪れは独眼流のウインク生活となっちゃった。」
を拝読しました。
9日間も入院なさって大変でしたね。
そのことを記録しつつ詩作品として成立させる、
これは新しいスタイルだと思います。

つらさや愚痴を書かないこともすごいです。
なかなかできないことだと思います。
複視はもう治まったのでしょうか。
お身体大切になさってください。
須永紀子

「そのことを記録しつつ詩作品として成立させる、
これは新しいスタイルだと思います。」
認めてくださって、
嬉しいです。
須永さん、
ありがとう。
その記録ってことで、
須永さんのメールを
そのまま引用させてもらいました。
新しい詩のスタイルだって、

それだっちゃ。
記録が詩の言葉になるっちゅうこと。
言ってみれば叙事ですね。
歴史的叙事なんてものじゃなくて、
極私的叙事ってこと、
ストレートってこと、
まあ、悪く言えば、
身の上話ってことじゃ、だめじゃん。
蒸すキャベツはどうなってんの、
人参はどう切ってるの、
大豆を蒸すって、
そりゃ、何だい。
叙事ですよ。
叙事。
冗長だって構いやしないぜ。
どうせ、
事実なんて言葉にできない。

言葉にしたら、
空っぽ。
4センチ四方のキャベツの葉っぱの空っぽ、
人参の輪切りの空っぽ、
玉ねぎの空っぽ、
セロリの空っぽ、
空っぽ、
ぽっ、ぽっ、ぽっ、
鳩、ぽっ、ぽっ。
まーめがほしいか、
そらやるぞ、
その豆は大豆ってわけっちゃ。

大豆を糸の先にしっかりと結んで、
下剤を塗って、
お寺の境内の、

鳩の群れに投げると、
一羽の鳩が
それを食べて豆をそのまま下痢する。
次の鳩がその豆を食べて下痢する、
またその次の鳩が下痢する、
って具合に、
鳩を数珠繫ぎに捕まえられるって、
江戸笑話の本にあったたっちゃ。
は、は、は。
豆粕な話っちゃっ。
空っぽ。

独眼流ウインク生活でこの空無を突っ走れ。

そんな、
ニコニコして、
何がうれしいっていって、
詩の雑誌の
「ユリイカ」から、
詩の原稿の依頼があってね。
何年振り、
いや、何十年振り、
この前、いつ、

「ユリイカ」に詩を発表したか
忘れちまったよ。
詩の雑誌からの原稿依頼はだね、
詩人として、
生きてる、
まだまだ現役って認められたってことでしょ。
編集部の明石陽介さんありがとう。
先ずは、会って、
聞いて見なくっちゃ、
くっちゃ、くっちゃ、
嬉しいね、
らら。

それはそうと、
肝心なのは、
その書く詩の内容ですわ。

明石さんの期待に応えるのに、
こんなことを
書いていていいのかい。
現役ってことは、
この現在をどう捉えるかってこっちゃ。
現在は、なによりも先ず、進行性難病の家内の麻理の現在。
その麻理の交流の場の「うえはらんど」の現在。
わたしの前立腺癌のＰＳＡの値が〇・九という現在。
わたしが毎夕作る野菜スープの現在。
麻理が食後にササッサーと洗う洋皿や丼の現在。
クスリやら、詩集やら、ティッシュなんかが、
乱雑に置かれたわたしの家のテーブルの現在。
それにFaceBookなんかのＳＮＳの現在。
iPadで見る
さとう三千魚さんの毎週の新幹線の車窓風景の現在。
今井義行さんが住んでる平井の街の写真画像の現在。
そして午後のテレビのチャンネルを渡り歩くわたしの現在。

おっとっとっ、止まらなくなっちゃったあ。
午前中一杯読んでしがみついてる朝刊の現在。
いじめで自殺しようとしている少年の現在。
ああ、名古屋では一人の少年が自殺してしまった。
朝日や日経の現在、
現在、現在、
安倍晋三首相が無投票で自民党総裁になっちゃったぜ。
自民党議員の統括された心理の現在が気になるねえ。
改憲の独裁政治はゴメンだぜ。
国連でやったら多い空席を前に、
積極的平和主義を演説した安倍晋三総理大臣の
言葉の虚しさの現在。
ううん、ううん、ううん。
戦後七〇年経っての現在、
一億総活躍ってなんかわかんない現在、
この一億が一億玉砕に通じちゃ困るんじゃ。
二〇一五年十月五日から、

わたし ら一億日本国民は
一括された十二桁の番号を背負っての市民生活の現在。
東邦大医療センター大橋病院の外来会計のベンチにいた
太っちょのおっさんと白い口髭の爺さんの現在。
待たされてる現在。
どうなっちゃうの現在。
現在、現在。
現在って、
なんか、悲しいよねえ。
どどどどッと空無。
どどどッ。

どどどどッの空無って何じゃい。
現実を変貌させる美に出会えないってこっちゃ。
全身震える喜びが無いってこっちゃ。
感動、感動、それがない。

危ないぞ、危ない。
感動よりご飯じゃ。
ご飯食べて、ちゃんとうんこするっちゃ。
うんこしてすっきり。
パリッとわたしの現在を生きて突き抜けよう。
パリ、パリ、パリッ。

まあ、空無は空無、
どうしようもない空無なんです。
身体一つで生きてるしかない空無の現在、
気楽に行きましょう。
そう思ってたら、
大見出しで、
「大村氏　ノーベル賞
　熱帯の感染症　失明防ぐ薬[*1]」
新聞紙が盛り上がる。

土中の細菌から見つけた、
三億人の失明を救った治療薬で
ノーベル医学生理学賞を受賞した
大村智北里大特別栄誉教授は八十歳だ。
三億人の失明を救ったっちゃ、
凄い。
でも、盛り上がりは危ないいんじゃん。
同じ八十歳のわたしゃ、
最近、複視になっちゃってさ、
物が二つに見えちゃうのよ。
一つに見るために、
麻理が作ってくれた眼帯で
右目片方目隠し、
独眼流ウインク生活で、
目測狂いながらキーボードを叩き、
極私的に言葉と追いかけっこで詩を書いて、
時折、悲しさに襲われる、

空無自尊の詩人をやってるっちゃ。
盛り上がっちゃいけないっちゃ。
この空無を突っ走れ。
この悲しさを突っ走れ。
ご飯食べてうんこして、
んっぱしれ、んっぱしれ。

と書いてきたら、
またもや、新聞紙が盛り上がる。
「梶田氏　ノーベル物理学賞
　ニュートリノに重さ　証明[*2]」
梶田隆章東京大宇宙線研究所長は
嬉しい写真になって
紙上で笑ってる。
ニュートリノって
一センチの一億分のまたその一億分の一、

見えない幽霊粒子ってこと。
幽霊粒子には重さがあるけど、
宇宙から止むことなく降り注いで
地球を突き抜けて行くっちゃ、
なんという壮大な空無。
わたしの身体も突き抜けて行くっちゃ。
今も詩を書いてる
わたしのこの身体をどんどん
突き抜けてる、
ニュートリノ、
ニュートリノ、
ニュートリノからすりゃ、
わたしもうんこも宇宙的存在なんだ。
宇宙的存在の、
このどうしようもない悲しさ。
盛り上がっちゃいけないっちゃ。
突っ走れ、

突っ走れ。
ご飯食べてうんこして、
この空無を
突っ走れ。
この悲しさを
突っ走れ。
んっぱしれ、んっぱしれ。

＊1　「朝日新聞」二〇一五年一〇月六日朝刊
＊2　「朝日新聞」二〇一五年一〇月七日朝刊

女の子座りの麻理のこの光景を忘れることはないっちゃ。

これが最後の詩なんてことにならないようにしたいな。
明日から別の詩を書こう。
とFaceBookに投稿したら、
佐々木眞さんが
最後では困ります。もっと、もっと、もっと!
と返信をくれたっちゃ。
FBのお友達の佐々木眞さん、
お目にかかったことがない佐々木眞さん、
ありがとうございます、と、

そのもっとに応えて、
次の詩、
また次の詩、
更に、次の次の詩、
次々に詩を書きたいですね。
が、
次に書くことが、
いつも見当たらないっちゃ。
でも、書きたいッ、書きたい。
もっと、もっと、もっとッ。
つぎ、つぎ、つぎッ、
ポンッ。

痛いッ。
イタタッ。
足の甲のそこ、

麻理が指で押さえているそこ、
痛いよ、踝のところのそこ。
女の子座りの麻理が、
わたしの左足を抱えて、
優しくマッサージしてるこの姿を、
しっかりと記憶に焼き付けておこう。
女の子座り麻理っちゃ。
このところ、
毎朝、麻理が足をマッサージしてくれるので、
左足の浮腫が消えて、
触るだけでも痛かった中指の付け根の痛みも消えて、
踝のところの痛みだけが残ってるん。
だから、今朝もマッサージしてくれてるっちゃ。
幾つになっても可愛いっちゃ、
女の子座りの麻理。
まあ、どちらが先にいくにしても、
脳髄に焼き付けておこうっちゃ。

麻里がスーパーに買い物に行っただけで、
家に独り残された
わたしゃ胸がスーッと寂しくなるんじゃ。
麻理ッ、麻理ッ、マリーッ。
ポンッ。

人が死ぬって、
その人がいつも居たところにいなくなるってこっちゃ。
わたしのテーブルの椅子の席は決まってる。
毎日そこに座って、
新聞を読むっちゃ。
ご飯を食べるっちゃ。
その席にわたしがいなくなれば、
テーブルの上に積み上げられている詩集が無くなり、
新聞を読むのに使っている拡大鏡が無くなり、
毎日花を撮っているカメラが無くなり、

紅茶を飲んでいる蓋付きのマグカップが無くなり、
そのテーブルの上の光景がすっかり変わってしまうってこっちゃ。
人が死ねば日常の光景が変わっちまうってこっちゃ。
こっちゃ、こっちゃ、こっちゃ。
ポンッ。

二〇一五年十一月十三日。
パリでテロがあったって、
テレビ新聞が賑わってる。
劇場とかサッカー場とかレストランとかで、
爆発と銃撃で、
百三十人の市民が殺され、
三百五十人余りの市民が重軽傷を負わされたっちゃ。
おっそろしい。
無差別の憎しみはおっそろしい。
百三十人の人が家に帰って送る普段の生活の光景が失われたってこっちゃ。

コーヒー飲んでるとか、
フランスパンをかじってるとか、
家族と話してるとか、
それぞれの人の無くなった光景の前で、
たくさんの人の家族や友人の胸がスーッと空っぽになっちゃって、
寂しくって悲しくなってる。
その人たちの日常生活の光景が見たいっす。
痛ましいなあ。
国家っていうひとからげの憎しみは恐ろしいなあ。
憎しみに憎しみを返すんだろうか。
フランスの大統領が戦争を宣言しちまったよ。
フランス空軍のシリアのＩＳの空爆で、
またまた普通に生活してる多くの人が死んでるんじゃろ。
どっちにしろ戦争じゃ、
人が殺されるんじゃ、
敵として憎しみ殺し殺されるんじゃ、
その憎しみをすっぽりと優しく暖かく包んでしまう超でっかい友愛のテント、

そのテントの中じゃ人がいる光景が輝く、
そんなテントがあるといいんじゃがねえ。
祈りを込めて、
いいんじゃがねえ、いいんじゃがねえ。
ポンッ。
今日も、
居間のテーブルで新聞を読んでるわたしの光景が、
ここにありました。
ポンッ、ポンッ。

うん、
人がそこにいるってことは、
そこに掛け替えのない光景が生まれているってこっちゃ。
人は光景に立ち会って、
また光景の中の人になるってこっちゃ。
人はそれぞれその人なりの

掛け替えのない光景を持って、
掛け替えのない光景の中で生きてるってこっちゃ。
その光景が忘れられないってこっちゃ。
脳裏に焼き付けて、
それでは消え易いからって、
写真に撮るっちゃ。
そして、遂には、
人はその光景の中でいなくなるってこっちゃ。
いなくなっても、
掛け替えのない光景は残るっちゃ。
六月には膵臓癌で入院してた
旧友の西江雅之さんをお見舞いしたんじゃ。
文化人類学者の西江さんは喋ってるうちに、
学生の頃の昔の西江さんになったんじゃねえ。
六十年前の早稲田のキャンパスで、
無銭旅行をするには、
おばさんの話を聞いて生活の中に入っちゃうのが一番ってね。

ひと夏でイタリア人と旅行してイタリア語をマスターしたってね。
二階から飛び降りて遊びに行ったたってね。
ラジオドラマの子役だったね。
お見舞いして十日経って西江さんは亡くなっちゃった。
ベッドの西江さんの姿が忘れられないっちゃ。
その西江さんの写真集『花のある遠景』が
十一月十七日に送られてきたっちゃ。
若い時から、
アフリカやパプアニューギニアで撮った写真っちゃ。
西江さんが立ち会った光景っちゃ、
いろいろな民族の人たちの生活の光景っちゃ、
太陽に輝く黒い裸の人たちの光景っちゃ、
後ろに犀がいるのに気づかない人の光景っちゃ、
ぎょろ目の子供の笑顔の光景っちゃ、
西江さんはこの人たちの生活に入ってるっちゃ。
ページをめくるごとに、
ドキドキさせられる光景っちゃ。

一ページめくってドキドキ、
二ページめくってドキドキ、
三ページめくってドキドキ、
西江さんはあのベッドに横になった光景の中で、
いなくなったっちゃ。
寂しいね。
ポンッ。
今日、ここ、
居間のテーブルで、
西江さんの写真集を見てるわたしの光景が
そこにありました。
ポンッ、ポンッ。

もう晩秋ですね。
麻理が買い物に出て行った後ですね。
家の中にはわたしの外にはだあれもいない。

この部屋に、
大きなガラス窓から、
晩秋の陽が射して、
テーブルの上まで届いているっちゃ。
わたしはテーブルの上に両腕を組んで
うつぶしているっちゃ。
テーブルにうつぶしているひとりの男。
いや、ひとりの老人。
この光景を目にする者はいないっちゃ。
しばらくして、
わたしはゆっくりと
身を起こしたん。
いないのを忘れて、
麻理ッ、麻理ッ、マリーッ。
ポンッ、ポンッ、ポーン。
では、また次の詩ですね。

十二月だ、拘るってなんじゃい、
生きたってことじゃんか。

拘るんですね。
日記のこと。
麻理に言わせれば、
役に立たない、って言う
この日記のこと。
書いた日ごとにペンの色を
青と緑で交互に細かく書かれた、
その文字が文字になってないんで、
自分でもさらっとは読めないんで、
やったことを探すのが大変。

で、役に立たないって言われちゃう。
でも、自分がしたことを書き留めるって、
そこに拘ってるんですね。
それなのに、それなのに、
拘ってるのにふっと書き忘れちゃう。
さきおととい、おととい、きのうと
日付のあるページを書き忘れるってこと、
書き間違えるってこと。
ウッふう、ふう。
ふうう。

12月14日の午前中に朝刊を読み終えて、
いつも通りにさて日記をつけようと、
日記帳の「DAY BY DAY」を開いてみたら、
左ページの11日の半分と、
右ページの12日と、

更にページをめくった
左の13日のページと
これから書こうとした右の14日のページが、
空白だったんですよ。
あれっ、書き忘れたのかな、と、
12日の空白のページに
12日の午前と午後のことを書いてしまい、
でも、変だぞ、
昨日の13日のページが空白って、
12日の午後と13日の午前中のことは、
書いた筈なのに、おかしいぞ、
昨日の日曜の午後には家で、
「ユアンドアイの会」の忘年会があって、
白鳥さんやさとう三千魚さんたち、
八人の皆さんが集まって和気藹々で楽しかった。
思い返すと、確かに、
13日のその午前中には

新聞を読み終えたところで、
いつものように、
前日の12日の午後のことと、
その13日の午前中には新聞を読み終えたところまでは、
書いた記憶があると、
12月11日のページの半分に書いてあるのを見ると、
なんと、そこには青色のペンで、
13日には朝4時に起きて、
『ヒロシマ』が鳴り響くとき」を
前日、麻理の友だちのDさんから手渡されたので、
それを早速、読んで、
TBSテレビの「健康カプセル！ ゲンキの時間」を見ながら朝食、
そして水素水を麻理と一緒に飲んで、
麻理が足をマッサージしてくれたってこと。
そして新聞を読み終えて、
庭に出て三つ目の水仙の花がほころんだのを撮ってから
日記を書いたのが10時36分、

と書いてあったんですよ。
あっ、そうか、そうか、
ページを書き間違えたんだと、
12月10日の日付のページを見ると、
そこには緑色のペンで、
朝食後に麻理が足をマッサージしてくれて、
その後にＮＨＫの「あさが来た」を見て朝刊を読んで、
9時50分に日記を書いたって書かれてる。
つまり、10日には緑色のペンで、
その日の9時50分までのことを、
ちゃんと書いたんですね。
ところが、それに続けて、
青色のペンで、
その後の半分のところには、
つまり、10日の9時50分に続けて、
12日にあったことの、
二つ目の水仙の花を撮ってＳＮＳに投稿した後に、

10時半頃には、麻理が代々木上原ヒフ科に行くので、
豚骨ラーメンの早めの昼食の後、
土曜日で「うえはらんど」を開く日だけど、
麻理は1時には帰って来られないので代わりに、
わたしが「うえはらんど」の留守番をしているところに、
麻理の友だちのDさんが来て、
Dさんのパートナーのkさんが刊行に携わっていて、
そのKさんがわたしに贈ってくれたのだという
『ヒロシマ』が鳴り響くとき」を手渡されたってこと、
夕食には野菜スープの残りをカレーにしたってこと、
それから夕刊を読んで、
7時過ぎにはもうベッドでうとうとして、
10時過ぎに目が覚めて、
炊飯器の釜を洗ってから
歯を磨いて吸入して、
ベッドに入って、
そして眠ったってことが

ちゃんと書かれてて、
つまり、10日のページに12日の事を書いてしまい、
ページを捲ると、更に左の11日のページには
同じ青色のペンで、
13日の朝の起きてから新聞を読み終えて、
三つ目の水仙の花を撮影して、
そこまでの日記を書いたっていうところまでが書かれていたんですね。
ということは、13日の午前中に日記を書いた時には、
10日のページの半分と11日のページと12日のページが
空白だったんですね。
そこで、その、
書き忘れちゃったって思い込んで、
13日に青色のペンで日記を書く時、
つまり空白の10日の午後のところに、
12日の午後のことを書き、
空白の11日の午前中のことを書くべきところに、
その日、つまり13日の当日の午前中の新聞を読み終えたことを

書いちゃった。
10日の午前中の続きに、
12日の午後のことを書き、
11日のページに、
13日の午前中のことを書いちゃったっていうわけで、
また、それを忘れてて、
14日の午前中に日記を書き始めて、
空白の12日のページには12日の午前中と午後のことを書いてしまい、
ページを捲って、
13日の午後の「ユアンドアイ」の忘年会のことを書こうとして、
おやっと思い、
11日のページを見たら13日の午前中の
麻理と水素水を飲んだとか
三つ目の水仙の花を撮ったとかが書かれてあったので、
おや、おや、おやと思い、
10日のページを見ると、
その10日の9時50分以後のことを書くべきところに、

10日の午後のこととして
12日の午後には麻理の代わりに「うえはらんど」に降りて、
麻理の友人のDさんから「『ヒロシマ』が鳴り響くとき」を貰った
ってことが書かれていたってわけで、
ということで、
10日の9時50分に日記を書き終えた後から
わたしゃ、何をしてたか、それから、
11日の朝起きた時から寝るまで
わたしゃ、何をしてたかってことが
書かれていなかったというわけざんす。
日記の書き忘れと書き間違いが重なって、
ややこしいけど、
14日の今となっては、
10日の午後はいつも通りベッドでテレビを見ていたと思うんですが、
何を見たか忘れちまったし、
11日午前中には思潮社の藤井さんに「現代詩手帖」の原稿を送って、
そして戸田さんにそのことをメールしたってことは、

思い出せる、その原稿には、
6月に亡くなった旧友の西江雅之さんの思い出を書いたんですよ。
6月3日に戸田さんの車で紀子さんと、誘ってくれた幾代さんと、
国立国際医療センターに西江さんをお見舞いしてから、
6月18日の夕刊を見ると、
6月14日に西江さんが亡くなった記事があったんです。
それから、8月29日には駒場公園の旧前田家の屋敷で
西江さんをしのぶ会があって、
西江さんの思い出を話したんですね。
原稿を送ったりメールしたりしたこと、
それ以外のことは、まあ、
確かなこととして思い出せないままになっちゃってるってわけ。
拘るって、
なんじゃい。
ウッふう、ふう。
ふうう。

この日記帳というのはですね、
NAVA DESIGN YOUR LIFE の
「DAY BY DAY」という
1日1ページの日付と曜日が
日本語とヨーロッパ数カ国語で印刷されてるイタリヤ製で、
この20年余り、
毎年、銀座の伊東屋で買ってるんですね。
この数年は銀座に行けないので、
今年も着払いで通販で買っちゃいました。
6264円もするんですね。
高級な日記帳なんですよ。
拘りってことです。
そんな高級な日記帳に、
汚い字で書き殴ってるって、
それがわたしなんですね。
ウッふう、ふう。

ふうう。

この詩を書き始めてから、
もう数日が経って、
12月も半ばを過ぎて、
日記帳には、
正月の一日から、
三百頁を超えてびっしりと、
まあ、ちょと空白のページもありますが、
自分が何をしたかってことが、
だいたい、毎日、家にいて、
同じようなことをしてるんですが、
青色のペンと緑色のペンで、
さっとは読みとれない崩れた小さな文字で、
一見乱雑に、
書き込まれてる。

わたしの一年の生活の記録ざんすよ。

わたしは、
今年の五月十九日に八十歳になったんざんす。
でも、でも、
今年は変わったことがいくつもあった。
1月20日には夜中にひどい吐き気に襲われ、逡巡した末に、
タクシーで慶應大学病院の救急外来に行ったら、
「殴らないでよう、
警官を呼ばないでよう」って、
大声で叫び続けてる女の人がいましたね。
わたしは別に緊急に処置することはないと帰されました。
昼間、外来に来なさいってことでした。
2月21日には朝食の支度でキャベツやニンジンを切っていたら、
手が痺れて顔面が硬直して仮面を被ったようになっちゃって、
慌てて救急車を呼んでもらって、

またまた、慶應大学病院の救急外来に行き、
CTやら何やら検査の結果、
またもや別に緊急に処置することはないということでした。
ところが、また更に、
2月25日には明け方に痰が絡んで呼吸困難になっちゃって、
草多に呼んで貰った救急車に乗せられて、
慶應大学病院の救急外来に運ばれて、
吸入器で吸入薬を吸入してゼーゼー痰を吐いちゃってね、
近くの掛かり付けの小林医院で吸入薬を処方してもらったんですね。
三回も救急外来、
二回も救急車。
八十歳になるって、
大変だ。
ウッふう、ふう。
ふうう。

それから、
不治の難病の麻理が、
ガレージを改装して、
地域交流の場の「うえはらんど」を開きたいと言うんで、
いろんなものを断捨離し片付けようって、
先ずは、
1月17日には、
辻和人さん、薦田さん、今井さん、長田さんに、
手伝いに来てもらって、
いたる所積み上げられた本なんかを
片付けてもらっちゃって、ありがとうございました。
ガレージの改装工事が始まり、
3月3日には、
「うえはらんど」が開場したんですね。
火、木、土の午後に開いて、
12月の現在で、六百人余りの人が来たって、
その人たちとの交流の所為か、

麻理の進行性難病が進行が遅れているようで、
担当の医師も驚いてるって。
よかったなあ。
ウッふう、ふう。
ふうう。

4月24日には海老塚さんと書肆山田の一民さんが来て、
『どんどん詩を書いちゃえで詩を書いた』っていう
詩集の表紙の色を決めて、
5月11日に印刷が終わったってメールを貰い、
5月16日に一民さんが新詩集の見本を持って来てくれたってことで、
八十歳の誕生日には詩集が発行できたんですよ。
一民さん大泉さんありがとうございます。
今年、この詩集が出せたのも、
さとう三千魚さんの「浜風文庫」のおかげです。
ありがとう。

今年も、毎月詩を発表できてるのも、
「浜風文庫」のおかげです。
ありがとう。
そして誕生日には、
蔦田さんたちから花のアレンジメントを貰って、
ありがとう。
7月12日にはみなさんが集まってくれて、
詩集の感想を聞けた。
ありがとう。
それが詩の読書会の「ユアンドアイの会」のスタートになっちゃった。
生きて行く励みって、
ちょっと面倒くさいけど、
寂しさから逃れられるってこと。
よかったなあ。
ウッふう、ふう。
ふうう。

今年の夏は、
よく西瓜を食べたでざんすね。
近くのセブンイレブンで、
丸ごと買ってきて、
二つに切って、
四つに切って、
麻理と二人で、
毎日毎日、
西瓜を食べたんですね。
八十歳の夏でした。

ところが、
9月10日、
鬼怒川が氾濫して、
濁流が流れる中で、

一人で電信柱に摑まってるおっさんの姿が、
テレビに映し出されたんですね。
どうなることかとヘリで救出されるまで見ちゃった。
そしたら、
翌日、わたしゃ、複視になっちゃった。
近くも遠くも物が二つに見えるんですね。
9月12日に電動車椅子で上原眼科に行ったら、
神経内科に行けって紹介状を書いてくれましてね。
9月15日に麻理が片目で物を一つに見られるようにと、
片目の眼帯を作ってくれて、
独眼流ウィンク生活が始まったってわけ。
9月18日には東邦大の医療センター大橋病院に行くと、
即入院で、
採血やらCTやらMRIやらエコーやらなんやら、
一週間の検査の結果が、
脳梗塞じゃないが、
その後遺症とかで、

血行をサラサラにする薬出して貰って退院。
その後、複視は、
11月11日ごろから、
手元の視野から治まり出して、
11月15日には、
眼帯を外して独眼流ウインク生活は終わったのでした。
上目使いの遠くはまだ二つに見えるけど、
やれやれってことでざんす。
ちょうど「ユリイカ」の編集部の明石さんから
詩の依頼があって、
まあ、久しくなかったことなので、嬉しくって、
「独眼流ウインク生活でこの空無を突っ走れ。」って
長い詩を書いちゃった。
ウッふう、ふう。
ふうう。

毎日の午前中の新聞と午後のベッドで見てるテレビでは、
安保法制を無理やり通して、
憲法改正をスタートさせた
安倍総理の戦争に傾く姿勢に向かって、
SEALDsのお兄さんたちのデモがよかったなあ。
そして、
ノーベル賞の、
大村のお爺さんに梶田のお父さん。
そして、そして、
ラクビーの、拝む姿勢でボールを蹴飛ばす
五郎丸、五郎丸。
スケートの、自己世界記録を更に更新した
羽生結弦、結弦。
この辺のことは、
日記帳には書いてないけど、
来年の今頃には、
忘れてるんだろうな。

ウッふう、ふう。
ふうう。

そうそう、
忘れちゃいけないのが、
17年飼ってる猫のママニの大病ですよ。
猫の17歳は人間の80歳って言うから、
わたしと同い年だ。
6月28日に血を吐いて、
驚いて、心配しましてね。
7月1日には、
野々歩が猫を入れる籠を買って来て、
三軒茶屋のアマノ動物病院に連れってたら、
そのまま入院になっちゃった。
採血して検査の結果、
膵炎だってことでした。

退院して通院となって、
とにかく食べさせなくっちゃあと、
強制給餌ってことで、
わたしが四つの足を押さえて、
麻理が口を無理やり開けて、
餌を食べさせる。
ぎゃーにゃー。
わたしらは、
ヒーヒーッふう
まあ、でも
今じゃ、まあまあ元気になって、
朝晩の薬を混ぜた餌の他に、
ニャーニャー、
マリの後を追って餌を欲しがる。
よかったなあ、
ウッふう、ふう。
ふうう。

ここまで読んでくださった
皆さん、ありがとう。
来年の二〇一六年が良い年でありますように。
わたしも、
更に生き永らえたいですね。

心機一転しっちゃあ、
「現代日本詩集２０１６」をぜーんぶ読んだっちゃあでざんす。

ご存知の詩の雑誌でざんす。
「現代詩手帖」の1月号っちゃあ、
恒例の「現代日本詩集２０１６」でざんすね。
心機一転しっちゃあ、
特集された、
48人の詩人の、
詩を
全部、
ぜえーんぶっちゃあ、
読んじゃったっちゃあでざんすね。

読んで毎日FaceBookなんかのＳＮＳに、
ちょこっと、
二〇一五年の暮れから二〇一六年の正月に掛けて、
感想を書こうって思っちゃったっちゃあでざんすね。
ちゃったっちゃあ、
そりゃ、まあ、大したことでざんす。
んっちゃあ、んっちゃあ、
ざんす、ざんす、
うふふ、
ハッハッハッ、ハッ。

今までっちゃあ、
好きな詩人とか、
気になる詩人とかの
詩を読むくらいでっちゃあでざんしたが、
特集された詩人の詩を全部読むなんてこっちゃ、

まあ、なかったたっちゃあでざんすよ。
それが心機一転したたっちゃあでざんすね。
そりゃ、まあ、大したこっちゃあでざんす。
んっちゃあ、んっちゃあ、
ざんす、ざんす、
うふふ、
ハッハッハッ、ハッ。

心機一転ってっちゃあ。
そりゃ、まあ、どういうことでざんすか。
現代詩っちゃあ書かれてるっちゃあでざんすが、
選ばれたり選ばれなかったりっちゃあ、
こりゃまあ、こりゃまあ、でざんす、ざんす。
日本国にはどれくらいっちゃあ、
詩人がおりますっちゃあでざんすか。
ひと月前の「現代詩手帖」12月号っちゃあ、

「現代詩年鑑２０１６」とあってっちゃあ、
その「詩人住所録」っちゃあ、
１ページ当たりおよそ44名ほどと数えてっちゃあざんす。
それが47ページっちゃあで、
おおよそ２０６８名くらいが登録されておりますっちゃあでざんす。
いや、いや、
もっと、もっと、
詩人と自覚している人は沢山いるはずっちゃあでざんすよ。
それに自覚してなくてもっちゃあ、
沢山の人が詩を書いているはずっちゃあでざんすよ。
んっちゃあ、んっちゃあ、
ざんす、ざんす、
そんでもって、
「現代日本詩集２０１６」っちゃあ、
48名っちゃあでざんすよ。
91歳のお年寄り詩人から
24歳の若い詩人までっちゃあ、

48名っちゃあでざんすね。
選ばれましてっちゃあ、
おめでとうございますっちゃあでざんす。
んっちゃあ、んっちゃあ、
ざんす、ざんす、
うふふ、
ハッハッハッ、ハッ。

断わっておきますっちゃあでざんすが、
詩人のあっしがここに選ばれなかったっちゃあて、
やっかんでるってんじゃないっちゃあでざんすよ。
心機一転っちゃあ、でざんすね。
心機一転っちゃあ。
んっちゃあ、んっちゃあ、
ざんす、ざんす。
うふふ。

わかってるっちゃあでざんすね。
「現代詩手帖」さんが、
今、活躍してるっちゃあ、
推奨する
数々の受賞歴のあるっちゃあ、
48人の詩人さんっちゃあでざんすよね。
ざんす、ざんす。
つまりで、ざんすね。
48人の詩人さんっちゃあ、
「現代日本詩集２０１６」っちゃあ、
まあ、今年の日本の詩人の代表ってことっちゃあでざんすね。
選ばれればっちゃあ、
名誉っちゃあ、
嬉しいっちゃあでざんす。
んっちゃあ、んっちゃあ、
ざんす、ざんす。
うふふ。

うふふ。
ハッハッハッ、ハッ。

前置きが長くなりすぎましたっちゃあでざんす。
まあ、まあ、
毎日、朝の四時に起きてっちゃあでざんすね、
作品をぜえーんぶ読んじまってちょこっと感想をっちゃあ、
昨年の十二月三十日から今年の一月三日までの、
ＳＮＳに書いたっちゃあでざんすね。
んっちゃあでざんす。
ざんす。

昨年二〇一五年の十二月三十日に、
「11人のお爺さん詩人と2人のお婆さん詩人の詩を読んだ。皆さん老い
を自覚しながら自己に向き合うか、またそれぞれの詩の書き方を守っ

ておられるのだった。ここだけの話、ちょっと退屈ですね。」っちゃあ、書いちゃったっちゃあでざんすか。

ざんす、ざんす。

翌日の三十一日には、

「10人の初老のおじさんおばさん詩人の詩を読んだ。ふう、すげえー、今更ながら、書き言葉、書き言葉、これって現代文語ですね。」っちゃあ、書いちゃったっちゃあでざんすか。

ざんす、ざんす。

年が明けて一月二日に、

「11人の中年のおじさんおばさん詩人の詩を読んだ。中年になって内に向かって自己の存在を確かめようとしているように感じた。複雑ですね。」っちゃあ、書いちゃったっちゃあでざんすね。

ざんす、ざんす。

そして一月三日で、

「14人の若手の詩人の詩を読んだ。自己の外の物が言葉に現われきているという印象だが内面にも拘っているようだ。これで『現代日本詩集

２０１６』の48人の詩人の詩を読んだことになる。まあ、通り一遍の読み方だが、書かれた言葉の多様なことに触れることはできた。今更ながら日常の言葉から遊離した言葉だなあと思ってしまった。」っちゃあ、書いちゃったっちゃあでざんすね。
んっちゃあ、んっちゃあ、
ざんす、ざんす。

幾人かの詩人の詩は頭に残ってるっちゃあでざんすが、
どの詩人の詩がどういう詩だったかっちゃあ、
もう忘れちまったっちゃあでざんす。
申し訳ないっちゃあでざんす。
んっちゃあ、んっちゃあ、
ざんす、ざんす。
うっ、ふう。

ぜえーんぶ、
紙の上に印刷された言葉なんだっちゃあでざんすねえ。
現代詩っちゃあ、
書かれた言葉だったっちゃあでざんすねえ。
書かれ書かれ洗練されるっちゃあでざんす。
書かれ印刷された言葉で伝わっていくっちゃあでざんすねえ。
その書かれ印刷されるっちゃあでざんすに、
挑戦してるって見えたっちゃあでざんすが、
あっしが敬愛する
吉増剛造さんの
「Ledbury ニ、鐘音《カネ乃於止》ヲ聞《キ》キ、歌《ウタ》比だしていたノハ、誰《タレ》」っちゃあ、
タイトルの詩っちゃあ、誰も真似できませんぜ。
うん、ざんす、zansu。
イングランドのLedbury っちゃあところで、
聞いた鐘の音に感動なさってっちゃあ、
英語や朝鮮語や万葉仮名やらを混じえてっちゃあ、
Blake の神話の人物のリントラに託してっちゃあ、

「恋ノ羽撃《キ》ノ、、、、、、

羽音《ハネ》、

緒《ヲ》、

毛《も》、枯《が》、零《ré》、手《té》」

っちゃあ、
激しいお気持ちっちゃあを、
歌い上げてるっちゃあでざんすねえ。
でもでも、
その誌面にびっくりっちゃあでざんすが、
吉増さんの感動が文字を超えていくっくっくっちゃあが、
言葉の高嶺っちゃあでざんすか、
ただただ驚くばかりっちゃあで、
真意っちゃあが、
解らなかったっちゃあでざんすねえ。
残念でざんす。
んっちゃあ、んっちゃあ
ざんす、ざんす。

うっ、ふう。

こりゃ、
吉増さんっちゃあ、
手にしたペンで書いてるに決まってるっちゃあでざんす。
紙の上っちゃあ、
文字書いてるっちゃあ、
あの繊細な手が見えてくるっちゃあでざんすよ。
先ずは紙の上のパフォーマンスざんすねえ。
それでいいっちゃあですねえ。
んっちゃあ、
ざんす、ざんす。
うふふ。
ハッハッハッ、ハッ。

あっしが尊敬する先生っちゃあ、
藤井貞和さんの詩っちゃあ、
「鳥虫戯画から」っちゃあ、
穏やかなタイトルっちゃあでざんすが、
先ずは
古典短歌を能舞台に置くっちゃあって、
笑っておられるっちゃあでざんす。
そしてっちゃあでざんす。
キーボード打つ手元を見つめながらっちゃあ、
ご自身が書きつつある詩っちゃあ、
詩歌の歴史の流れに置いてるっちゃあでざんすか、
言葉の高嶺を行くっちゃあ、
うっとりさせられるっちゃあ、
なんか苦し紛れって感じでもあるっちゃあ、
ブツブツっと、
書き言葉でつぶやいていらっしゃるっちゃあでざんすよ。
「短歌ではない、

自由詩ではない、
自由を、
動画に託して、
月しろの兎よ、」っちゃあ、
うさちゃんに呼びかけてっちゃあでざんすね。
何やら深刻なことを仰せになってるっちゃあでざんす。
そしてでざんすね。
「あかごなす魂か泣いてつぶたつ粟をいちごの夢としてさよならします。」っちゃあて、
終わっちまうっちゃあでざんすよ。
ウッウッウッ、ウッ。
ウッウッウッ、ウッ。
藤井貞和さんの魂がわかんないっちゃあでざんすねえ。
悔しいっちゃあでざんす。
んっちゃあ、んっちゃあ、
ざんす、ざんす、ざんす。
ウッ、フウー、ふうー。
うふふ。

ハッハッハッ、ハッ。

長谷川龍生老っちゃあ、
「万事　日本は　覚悟せよ」っちゃあ言葉っちゃあ、
頭に残ってるっちゃあでざんす。
谷川俊太郎老っちゃあ、
「知らず知らずのうちに
強面の口調になっている私の内心
よちよち歩きの子がいるとほっとする」っちゃあて、
お二人とも、
昨年テロ事件があった現実にっちゃあ、
敏感っちゃあでざんすねえ。
んっちゃあ、んっちゃあ、
ざんす、ざんす。

昔あっしと「凶区」の同人だったたっちゃあ
天沢退二郎老人っちゃあ、
「半ぺん斬」っちゃあ題で、
中近東の市場で買った赤黒い五〇個つなぎのはんぺんっちゃあが、
居眠りしてっちゃあ、
時限爆弾じゃあないかと心配したがっちゃあ、
「どれも猫の毛で編んだミニ・サッカーボール」っちゃあ
作り話を作ってっちゃあ、
「わが家では私のかわいい孫たちが
あれで遊ぶのを楽しみに待ちこがれてるのさ。」っちゃあ、
退二郎おじいちゃん、お孫さんに囲まれて、
よかったっちゃあでざんすねえ。
さいでざんす。
んっちゃあ、んっちゃあ
ざんす、ざんす。
ハッハッハッ、ハッ。

それからっちゃあでざんすね。
好きな色はオレンジ色だっちゃあて、
オレンジ色のセーターを着てっちゃあ、
「広い道
中ぐらいの道
狭い道
目印は骨、だんだんわかりにくくなる。」ってっちゃあ、
「通りのみなさん
あまり正確ではないが
ぼくのうちへ来る地図だ。」っちゃあ、
かっこいいっちゃあ、
初老の映画監督っちゃあ、
福間健二さんは書いてるっちゃあでざんすが、
言葉が開けてっちゃあ、
ほっとしたっちゃあでざんす。
んっちゃあ、んっちゃあ、

ざんす、ざんす。
うっ、ふう。

あと一人っちゃあ。
気になってるっちゃあ。
ドイツ文学者っちゃあ、
首都大学東京都市教養学部名誉教授っちゃあ、
最早、初老の瀬尾育生さんっちゃあでざんすよ。
もう六十八歳っちゃあでざんすね。
今回の詩のタイトルっちゃあ、
『何かもっと、ぜんぜん別の』もの」っちゃあ、
またまたあっしには通り一遍で読んだだけっちゃあ、
何のことが書いてあるっちゃあ、
理解できないっちゃあ詩っちゃあでざんした。
繰り返し読んだっちゃあでざんす。
第一行からっちゃあ、

「薄れてゆく記憶のなかで濃い色を帯びた瞬間を掘り出す金属の手当ては」っちゃあ、
何だっちゃあでざんす。
それからっちゃあ、
「バルコニーの日差しが斜めになるときはその窓を開けておいて。滑るようにそこから入ってくる神の切片を／迎えるために。」
「神の切片」っちゃあ、
何だっちゃあ、
わからんっちゃあでざんす。
まあ、まあ、
「だからあんまり速く／歩かないで。きみからきみの輪郭が遅れてしまうよ、あんまり速く／その切りとおし道を過ぎてゆかないで。」っちゃあ、
親しい人に優しく話しかけてるっちゃあでざんすね。
そして、一連跳び越えてっちゃあ、
第三連目っちゃあ、
『別の人』はよい。わたしは『何かもっと、ぜんぜん別の』ものへ行く

のだから。そして／『別の人』もまた『何かもっと、ぜんぜん別の』ものへ行くのだから。／『何かもっと、ぜんぜん別の』ものは、あなたにはあなたの形、わたしにはわたしの形。」っちゃあ、死ってことっちゃあでざんすか。
そして、そして、
第四連目っちゃあ、
「『つらぬきとおして流れる』ものがその身体を流れ終わった子が、『向こうの部屋』でしずかに眠っている。『つらぬきとおして流れる』ものがその身体を流れ終わった子が、『向こうの部屋』で、瘡蓋のついた小さな鼻孔から、息を終えた沈黙の形で『何かもっと、ぜんぜん別の』ものへの『ながいながい曲がりくねった道《ロング・ロング・アンド・ワインディング・ロード》』をささやき続けている。」っちゃあで、
終わってるっちゃあでざんす。
よくわからんっちゃあでざんすが、
哀悼の詩だったっちゃあでざんすねえ。
悲しみが伝わって来るっちゃあでざんすね。
ざんす、ざんす。

んっちゃあでざんす。

あっしの心機一転っちゃあ、
お読みいただけましたっちゃあでざんしたか、
ご苦労さんでざんした。
はい、おしまいっちゃあ。

詩を書くって詩人志郎康にとっちゃなんじゃらほい

やばいよ。
詩人を自称する
わたしこと、
鈴木志郎康さん
あなたにとって、
詩を書くって、
何ですか。
やばいよ。
そんなことを自問しちゃあいけません。

ウッ、ウ、ウ、ウ、ウ、
メッ、メ、メ、メ、メ、
ケッ、ケ、ケ、ケ、ケ、
パチンッ。

生きてるから
詩を書く。
ウッ、ウ、ウ、ウ、ウ、
パチンッ。

一週間ってはやいねえと言って、
ヘルパーさんが
頭からシャワーの湯をかけて、
わたしのからだをゴシゴシっと、
素早く洗ってくれたっす。

わー、気持ちいい。
ありがとうさん。
毎週月曜日に、
ヘルパーさんはわたしのからだにシャワーの湯を浴びせてくれるっす。
一週間はたちまち過ぎて、
その間に、
わたしはいったい何をしていたのか、
思い出せないってことはないでしょう。
昨日は今日と同じことをしてたじゃんか。
ご飯食べてうんこして、
新聞読んで、
テレビの刑事物ドラマ見てたって、
でも、その「何を」が「何か」って、
つい、つい、反芻しちゃうんですねえ。
記事が、
ドラマの筋が、
思い出せないっす。

気にすることではないんっすが、
気になるっす。
ウッ、ウ、ウ、ウ、ウ、
メッ、メ、メ、メ、メ、
パチンッ。

たった一つなった庭のみかんの実はまだそのままにしてあるっす。
緑が少ない庭に、
灯を点したようにポツンとなっているっす。
一月二十六日っす。
今朝はぬかった泥の坂道を
同乗した車が下って行って、
セーターを着ようと頭を突っ込んで頭が出ない夢から覚めちゃって、
起床して、
餌を待ってニャーしている猫のママニに餌を与えたっす。
これは、

FaceBookなどに書いちゃったから、
言葉として、
それなりに覚えているっす。
ウッ、ウ、ウ、ウ、ウ、
メッ、メ、メ、メ、メ、
ケッ、ケ、ケ、ケ、ケ、
パチンッ。

年と、
月日は、
毎日毎日、
違うんだよね。
何を当たり前のこと言ってるんだい。
でもね、
わたしの過ぎ去った、
その毎日毎日は、

どんどん忘れ去られてしまうっす。
それが無念と言えば無念で、
わたしは毎日したことを、
日記につけているんでざんす。
つまり言葉にしているんでざんす。
ウッ、ウ、ウ、ウ、ウ、
パチンッ。

四時起床、
早い時は三時起床、
紅茶、ブルーベリージャムをつけてクラッカー三枚、
仕事場に降りて詩を書いたっす、
六時過ぎに朝食、
麻理に運んでもらったっす、
甘い蒸しキャベツ、
甘い蒸し人参、

甘い蒸し玉ねぎ、
とろけそうな甘い蒸し蕪、
美味しいっす。
トマトもブロッコリもセロリも
美味しいっす。
パンにハムとキャベツを挾んで、
紅茶でごくりっす。
テレビの「あさが来た」を見ちゃって、
朝日と日経の
朝刊を読んじゃって、
甘利明経済再生担当相の辞任がうっすら頭の隅に残ったまんま、
それからトイレに行ってうんこしてっす。
また更に朝刊を読んで、
夏目漱石の「門」って、
暗いなあって、
これで二時間生きてですね、
それから、庭に出てですね、

クリスマスローズの鉢の花の写真を撮っちゃって、
再び仕事場に降りて、
ですね、Macでですね、
SNSに投稿して見て回るっす。
ウッ、ウ、ウ、ウ、ウ、
メッ、メ、メ、メ、メ、
パチンッ。

晴れた日は
九時を過ぎると、
部屋の中に、
暖かい陽が射してくるっす。
テーブルの上まで射してくるっす。
紅茶茶碗が光ってくるっす。
パチンッ。
月に二度、

病院に行く日以外の、
午前中は、
こんな具合っす。
午後はと言えば、
ベッドでテレビっす。
「科捜研の女」とか、
「相棒」とか、
再放送番組っす。
もう飽きちゃったなあ。
ケッ、ケ、ケ、ケ、ケ、
パチンッ。

からだ、
身体が介護認定されてるっす。
わたしのからだっすね。
隔週で月曜日の午前中には、

訪問理学療法士さんが来て、
家の前を百メートルほど歩いて、
脚と背中の筋肉をストレッチしてくれるっす。
毎週の水曜日の午後には女性の訪問マッサージ師さんが来て、
細かく体をマッサージしてくれるっす。
毎週の金曜日の午後には訪問理学療法士さんが来て、
ほぼ全身のストレッチのリハビリでざんす。
これでも、
すぐに脚やあちこちの筋肉が固まっちまって、
立ち上がると痛いざんす。
二本の杖ついてよろよろって危ないざんす。
ケッ、ケ、ケ、ケ、ケ、
パチンッ。

夕方には夕刊、
夕刊は麻理に玄関から取ってきてもらうっす。

階段を下りる脚が痛いっす。
そして夕食、
野菜スープになんかレトルトのおかずっす。
翌日は残った野菜スープをカレーにするんでざんす。
十九時半にはベッドで、
うとうとしてっす。
二十二時回って、
炊飯器の釜を洗って、
歯を磨いて、
喉の薬を吸入してっす。
そして眠るでざんす。
パチンッ。

そうそう、
夜中に三回は、
おしっこに起きるっす。

そんときざんすね。
目を瞑ると、
眠る前に、
頭の中に、
言葉が巡ってくるんでざんすねえ。
芯の深部がほぐれるんでざんすか。
その言葉が、
早朝目覚めて、
覚えていれば、
めっけ物、
それを脳髄で揺らしながら、
仕事場に降りて行くっす。
詩が書けるんでざんす。
わたしは生きてる。
わたしは生きてる。
パチンッ。
パチンッ。

一月三十日の「浜風文庫」で、
今井義行さんの詩「きぬかつぎ」を読んだっす。
パチンッ。
きぬかつぎの小芋から皮を剝かずに食べたって、
それが、女の人に重なっていくっていう詩なんですが、
そこにですね、
「勤務時間も　詩を書いていました　『詩』が人生の　目的でしたから
しかし　『給料泥棒』に　本当に　『詩』が書けるわけないでしょう
漫然と盗んできた　者に　本当の　『詩』が書けるわけないでしょう」
ってありました。
パチンッ。
パチンッ。

鈴木志郎康こと、わたしが、

今井さんの詩「きぬかつぎ」の「浜風文庫」のFaceBookへの投稿に、「ところで、この詩作品は人の人生にとって『詩とは何か』という問いをはらんでいますね。」って、コメントしたら、ですね。

今井義行さんは、律儀に、ですね。

「(前略)この詩では、わたし個人の場合の目標を書いているわけですが、それは、会社でも他所でも、昇進や権威の獲得には興味はなく、日々の場と葛藤しながら書くことで、マイノリティが生きづらい社会でも、生きていく力が湧き、前進できるから書いています。読者の方々の置かれている立場は多様だと思いますので、それぞれの立場から『詩とは何だろう、何処を目指すか』という想像へと繋がっていけば良いなと思います。(後略)」

「(前略)わたしは詩作は、自分が楽しいだけでなく、他者の心を震わすこともあるという意味で、十分社会参加であると捉えていますので、他の分野も含めて、保護法があっても良いじゃない、とも思います。(後略)」

って、ですね。

返信してくれたんですね。
パチンッ。
わたしは、
「詩人保護法」には反対って、
コメントしちゃいましたよ。
パチンッ。
パチンッ。
わたしには、
詩を書くって、
ごくごく、
極々、
密かな行いで、
読んでくれる人がいれば、
嬉しいって、ですね。
詩人を自覚してる
わたしこと
鈴木志郎康にとっちゃあ、

それだけのことでざんす。
やばいんでざんす。
ケッ、ケ、ケ、ケ、ケ、
パチンッ。
パチンッ。

きょうは日曜日、
あした月曜日、
ヘルパーさんがやって来て、
わたしの全身を頭からゴシゴシって、
洗ってくれるっす。
パチンッ、
パチンッ、
パチンッ。
フウー。

*

ブリュッセルでISのテロで時代の流れが変わっちまう。

ブリュッセルでISのテロがあったす。
トプザリンコ、
二〇一六年三月二十二日現地午前八時ごろ、
日本時間午後四時ごろ、
トプザリンコ、
二十二日七時五十八分ブリュッセル空港の出発ロビーカウンター付近で、
最初の爆発、
自爆。
人々は逃げ惑う。
続いて九秒後、
隣り合うカウンターで、

爆発、
自爆。
人々は逃げ惑う。
更に約一時間後、
ＥＵ本部のすぐ近くの、
地下鉄マルベーク駅での
車内で、
爆発、
自爆。
人々は逃げ惑う。
日本人二名が巻き込まれ、
重傷と軽傷。
トプザリンコ、
自爆したテロリストたちは、
ベルギー育ちでも、
ベルギー人として、
生きられなかったっすか。

トプザリンコ、
ベルギー人を敵にしたっすか。
トプザリンコ、
めめへあか、
ベルギーのブリュッセル、
行ったことないっす。
トプザリンコ、
めめへあか、
俺っち、
三月二十二日の午後四時ごろ、
家のベッドで、
相撲のテレビ中継を見てたっす。
さあ、これからお米研いで、
電気釜のスイッチ入れるかって、
思ってたっす。
トプザアアリンコ、
ゴンブロビッチャンコ、

ビッチャンコ。
この時、
ヨーロッパから日本まで、
怒りと恐怖の風が吹いて来たっす、
時代の流れが大きく右に変わって行くっすね。
ビッチャンコ。
二日後の朝日新聞三月二十四日朝刊に、
「ベルギーテロの衝撃」っちゅうタイトルの一面で、
北海道大学教授・吉田徹さんが語っているっす。
「すでにフランスでは、憲法改正の議論が進んでいます。
国家非常事態を条文に盛り込み、
テロに関わった重国籍者から国籍を剝奪できるようにするのが主な内容です。」
「安倍晋三首相は、憲法に緊急事態条項を盛り込む必要性を強調しています。」
ゴンブロビッチャンコ、
ビッチャンコ。
トプザリンコ、
ヨーロッパからの風に晒されても、

とにかく、俺っちは生きてるっすね。
前立腺癌になってるっす。
クスリ呑んで詩を書いてるっす。
麻理は難病だけど、
友人や地域交流の場の
「うえはらんど」をやってるっす。
ゴンブロビッチャンコ、
ビッチャンコ。

議員の数合わせの
国会議事堂の中と、
今日も、
麻理と二人で
テレビ見て笑ってる
俺っちの家の中と
すげええ開きだっす。

ビッチャンコ、
ビッチャンコ。

＊　爆発時のことは朝日新聞による。

血縁ってのが遠くなっちまったで。

はーい、
どうも、
どうも、
ありがとざんす。
お彼岸には実家に行ったでざんす。
俺っち、
概ねベッド生活。
電動車椅子と二本杖では、
行く機会がなく、
三年振りかな、
いや、

五年振りかな。
マトリ介護タクシーに一人で乗って、
蔵前通りから亀戸に行ったっす。
二本杖で身体を支えて、
降りたら、
その道端に、
俺っちの身体を心配して、
車杖の義姉が待っててくれたっす。
日曜日の歩行者天国になってる十三間通りを、
義姉の車杖と、
俺っちの二本杖とで渡って、
焼け跡からの鈴木セトモノ店は、
今や、マツモトキヨシとなった店の、
その二階の
亀戸の実家の兄の家に行ったんでざんすよ。
はーい、
どうも。

仏壇の両親の位牌に、
俺っち、連れ合い、息子らの、
合わせて八本の線香に、
火点けて、
手を合わせたんでざんす。
仏壇の中の、
焼け跡で拾った達磨師が
俺っちを見てたでざんすね。

どうも、
どうも、
ありがとざんす。
今年米寿の兄は腰が曲がって、膝が痛い、
義姉も腰が痛い。
お寿司を取ってくれて、
会社で活躍する甥のこと、

それぞれの甥たちが会うこともない家族関係、
なんてこと、
さらっと熱心に、
話したんでざんす。

どうも、
どうも、
従兄弟たちも亡くなって、
もう、会うことないざんす。
なんか寂しいざんす。
血縁ってもんが、
遠くなっちまったで。
はーい、
どうも、
どうも。

いいや、
寂しがっちゃ、
いかん、
いかん、
政治家さんや
大企業の社長会長なんたら、
血縁で固めてるじゃん。
どっこい、
ほっこい、
俺っち、
なんとかかんとか、
まあ細ぼそっと、
敗戦後七十年七ヶ月を、
血縁から遠く、
個人で生きてきたんでざんすよ。
俺っちらは個人ざんすよ。

血縁は懐かしい思い出。
はーい、
どうも、
どうも。

昭和十七年か、
七歳のころか、
夏休みに、
本八幡の叔父さんの家に、
従兄弟同士で、
揃って遊びに行って、
昼は家の前の境川で泳いで、
夕方、
みんな、
もの凄い雷鳴と稲光に、
叔母さんにしがみついたって、

懐かしい思い出でざんす。
はーい、
どうも、
どうも。

志郎康さん、よくおならするねえ。

プーッ、
プーッ、
ブリッ。
志郎康さん、
よくおならするねえ。
連れ合いの
麻理さんが、
プーッはいいいいけど、
ブリッは嫌って言ってるよ。

プーッは、
自然だからいいの。
でも、
ブリッは、
一瞬止めるでしょう。
その次はわざとって感じちゃう。
それが嫌なの。
志郎康さん、
おなら意識とおなら無意識、
そこでけじめをつけなくっちゃ。
そんなこと言われても、
困っちゃうねえ。
どうやって、
プーッで止めるのよ。
お腹が活発でいいじゃん。
でもね、
わたしの前ではやめてね、

夫婦の中にも礼儀あり、
でしょう。
プーッ、
プーッ、
ブリッ。
あら、
また。

我がおなら、
青春の日々の、
春の日が差す
昔の部屋の中にまで、
届け。
なんちゃってね。

そんな長い剣をどこに、のろけ話でごめんなさい。

ブオーッ、
ブオーッ、
ブオーッ。
まっ、麻理、
そんな長い剣をどこに、
隠してたの。
それで、
わたしを刺し殺すの、
わたしは麻理に刺し殺されるの、
悔しいけど、嬉しいような。
これがわたしの愛なんだ、

これがわたしの愛なんだ。
麻理は、
わたしを刺し殺して、
猫のママニを抱いて、
黒い馬に乗って行ってしまったっす。
ブオーッ、
ブオーッ。

ロマンチックざんす。
いいざんす。
志郎康さんが、
眠り際に見た深あーい、
思いざんすね。
でもね、
麻理さんは、
剣で刺し殺すなんて

いやーねえって言ってるざんす。
のろけ話でごめんなさい。
ブオーッ、
ブオーッ、
ウッフー。

横万力に頭が挾まれて動けない。

ヘラ、
ヘラ、
ヘラ、
ヘラっちょ。
万力って、
知ってるかい。
大きい横万力、
鉄の塊で挾んで、
太いネジで締め付けて、

挟んだ木片なんかに、
ヤスリを掛けるって道具。
その横万力に、
頭が挟まれちまって、
動かない。
もっと締め付けられたら、
頭蓋骨が砕けちゃうよおって、
感じでざんす。
いや、
いや、
頭が痛いってんじゃない。
首が回らないってんじゃない。
空想、
空想ざんす。
万力の空想ざんす。
ヘラ、
ヘラ、

ヘラ、
ヘラァ、ア、ア、ア。

三十年前に、
横万力を買ってきて、
木材を挟んで、
のこぎりで切ったり、ヤスリを掛けたり、
三角の小テーブルを作ったでざんす。
あの万力は何処に行っちゃったかなあ。
ヘラ、
ヘラァ、ア、ア、ア。

ドブチャクが続いて困ったもんだ。

ドブチャク、
ドブチャク、
トップチャックならまだしも、
ドブチャクはいけません。
でも、
ドブチャク、
ドブチャクが続いてるんですね。
困ったもんだ。
ほら、
また、
ドブチャク、

ドブチャク。

晩春の日が暮れていく。

晩春の日が暮れて行く。
雨に打たれて、
山吹の黄色い花びらが散って、
ヒョロヒョロメッチャン、
ウンチャッチャア。

俺っちが死んだら、
家人は
先ずは、
誰に電話するかって、

思っちゃって、
眠っちゃって、
ヒョロヒョロメッチャン、
ウンチャッチャア。

晩春の一日、
今日も暮れたっす。
ウンチャッチャア。
ウンチャッチャア。

俺っちは化石詩人になっちまったか。

チャカチャカ、
チャカチャカ、
チャっ。
テレビCMで
わんさか
出て来て、
歌ったり踊ったりしてる
あの女の子どもは、
なんじゃい。
流し目なんか送りやがって。
チャカチャカ、

チャっ。

突然ですが、
俺っちは、
生きながらに、
詩人の化石になっちまってるのかね。
なんとかせにゃ。
チャカチャッ。
そういえば、
あの詩人は生きながらにして、
もう化石になっちまったね。
いや、
あの詩人も、
まだ若いのに、 化石化してるぜ。
いや、
いや、

あの高名な詩人も
まだ生きてるけど、
既に化石詩人になっちまったよ。
俺っち、
化石詩人はごめんだぜ。
バカ詩人やって、
アハハって笑って、
なんとか、かんとか、
生きてるってわけさ。
チャカチャカ、
チャカチャカ、
チャっ。

あとがき

　この詩集に収めた詩は二〇一五年三月から二〇一六年四月までに書かれ、「独眼流ウィンク生活でこの空無をつっぱしれ」を「ユリイカ」二〇一六年一月号に、また「とっかかりを見つけてみれば夢の残り」を「モーアシビ」31号に発表した以外はすべてWeb詩誌「浜風文庫」に発表したものです。それらの詩を三つのパートに分けて構成し、読み易いようにと思って、二〇一六年の三月と四月に書いた比較的短い十四篇の詩を二つに分けて長い詩を挟むという形で詩集にしました。

　読み返してみると、今までわたしって詩には自分のことばっかり書いてきたなぁと思います。この詩集も自分のことばっかりです。そこで、この詩集に収めた詩は「極私詩」というのがふさわしいと思いましたね。「極私詩」、なんかかっこいい。とにかく、書き手の詩人がごちゃごちゃと自身のことを書いた詩なんです。主題を読者と共有して感動をもたらし、普遍性を追求する詩とは違い、主題を「わたし、あたし、俺っち」の生活とこだわりに限って口語調で語っていく詩なのですね。まあ、読んでもらって、ひとりの詩を書く老人の存在を感じてもらえれば、幸い、というわけです。鈴木志郎康が八十歳でほぼ一年で書いた二十七篇ということですね。

今年の三月になって「とっかかりを見つけてみれば夢の残り」から比較的に短い詩を書くようになったのは、この詩が「モーアシビ」という詩誌の求めに応じて書いた詩で、紙媒体の同人誌に長々と書くわけにはいかないと思って書いてみて、短い詩もいいなと思い、立て続けに書いたというわけです。

わたしはこれからも詩を書き続けていきたいと思っています。


詩は朝方、ほぼ朝の三時か四時に起きて書きました。その後、朝食、新聞の政治面、国際面を拾い読み、連載小説、人物伝を読んで、NHKの連続テレビ小説を見て、日記を書いて、一年を通してそれぞれの季節に、庭の山吹、未央柳、紫陽花、昼咲き月見草、カタバミ、ヒメジョオン、メキシカンセージなどの花を撮り、FaceBookなどに投稿して、コメントなどして、Webをちょっと散策し、昼食を食べ、ベッドに横になりテレビで「科捜研の女」や「相棒」などの刑事ものを見て犯人という存在とは何かとちょっと考え、または「相撲中継」があるときは幕下の取り組みを見て幕の内を飛ばして刑事ものに戻りそれからまた相撲に返って三役の取り組みを見るということをします。六時頃の夕食後は夕刊を見た後、早々とベッドに横になり、うとうとして、その後歯を磨いて眠ってしまい、それでわたしの一日が終わります。

わたしは要介護に認定されているので、第一と第三月曜日の午前中は訪問理学療法士さんが来て、家の前を歩いてその後ストレッチリハビリをしてもらい、毎週月曜日の午後にはヘルパーさんが来てシャワーで身体を洗ってもらいます。また、毎週水曜日の午後には訪問マッサージ師さんが来て全身のマッサージをしてもらい、毎週金曜日の午後にはまた訪問理学療法士さんが来てストレッチリハビリをしてもらいます。それから月に一度訪問看護師さんが来て体調を見てもらい足の爪を切ってもらいます。彼ら彼女らとは身体の仕組みについていろいろな話をします。

月に一、二度、定期的に介護タクシーで病院の外来に行き、長い待ち時間に沢山の患者さんたちの姿を眺めて、世の中にはいろいろな人がいるのを堪能しています。この生活は三年前に詩集『ペチャブル詩人』を出した時以来変わっていません。そうそう、昨年から月に一度日曜日の午後に「ユアンドアイ」という会合で親しい詩人の人たちがわたしの家に来て、それぞれ持ち寄った詩をめぐって話しあう日があって、それが楽しみになっています。書かれた詩について、目の前にいる人から言葉を貰うというのが、詩を書く上で大変な励みになるのです。

こうした日常生活を送っていて詩の種を拾って iMac のテキストエディットに蒔き作品として育てたのです。

わたしの詩を公開、掲載してくださった「浜風文庫」のさとう三千魚さん、「ユリイカ」編集部の明石陽介さん、「モーアシビ」の白鳥信也さん、お世話になりました。ありがとうございます。そして装丁を快く引き受けてくださった海老塚耕一さん、ありがとうございます。また書肆山田の鈴木一民さん、大泉史世さん、校正を担当してくださった方、ありがとうございます。

二〇一六年六月一二日　　　鈴木志郎康

同じ著者による詩集――

『新生都市』（新芸術社／一九六三年）
『罐製同棲又は陥穽への逃走』（季節社／一九六七年）
『現代詩文庫・鈴木志郎康詩集』（思潮社／一九六九年）
『家庭教訓劇怨恨猥雑篇』（思潮社／一九七一年）
『やわらかい夢の闇』（思潮社／一九七四年）
『完全無欠新聞とうふ屋版』（私家版／一九七五年）
『見えない隣人』（青土社／一九七六年）
『家族の日溜まり』（詩の世界社／一九七七年）
『日々涙滴』（河出書房新社／一九七七年）
『家の中の殺意』（思潮社／一九七九年）
『わたくしの幽霊』（書肆山田／一九八〇年）
『新選現代詩文庫・鈴木志郎康詩集』（思潮社／一九八〇年）
『生誕の波動―歳序詩稿』（書肆山田／一九八一年）
『水分の移動』（思潮社／一九八一年）
『融点ノ探求』（書肆山田／一九八三年）

『二つの旅』（国文社／一九八三年）
『身立ち魂立ち』（書肆山田／一九八四年）
『姉暴き』（思潮社／一九八五年）
『手と手をこするとあつくなる』（飯野和好の画による絵詩集／ひくまの出版／一九八六年）
『虹飲み老』（書肆山田／一九八七年）
『少女達の野』（思潮社／一九八九年）
『タセン（躱閃）』（書肆山田／一九九〇年）
『遠い人の声に振り向く』（書肆山田／一九九二年）
『現代詩文庫・続鈴木志郎康詩集』（思潮社／一九九四年／『新選現代詩文庫』の改版）
『石の風』（書肆山田／一九九六年）
『胡桃ポインタ』（書肆山田／二〇〇一年）
『声の生地』（書肆山田／二〇〇八年）
『攻勢の姿勢 1958―1971』（書肆山田／二〇〇九年）
『ペチャブル詩人』（書肆山田／二〇一三年）
『どんどん詩を書いちゃえで詩を書いた』（書肆山田／二〇一五年）

化石詩人は御免だぜ、でも言葉は。＊著者鈴木志郎康＊発行二〇一六年八月二八日初版第一刷＊装画海老塚耕一＊発行者鈴木一民発行所書肆山田東京都豊島区南池袋二―八―五―三〇一電話〇三―三九八八―七四六七＊組版中島浩印刷精密印刷石塚印刷製本日進堂製本＊ＩＳＢＮ九七八-四-八七九九五-九四二-三